la maraude

Du même auteur au Rouergue jeunesse

Au galop sur les vagues - **2010, roman dacodac.**
La première fois on pardonne - **2010, roman doado.**
Je préfère qu'ils me croient mort - **2011, roman doado.**
Les chiens de la presqu'île - **2012, roman dacodac.**
Mon cœur dans les rapides - **2012, roman dacodac.**
L'aventure au bout du chemin - **2013, roman dacodac.**
Les sauvageons - **2013, roman doado.**
Après la peine - **2014, roman doado.**
La chanson pour Sonny - **2015, roman doado.**
Les regards des autres - **2016, roman doado.**

En littérature générale

Absentes - **1999, La brune.**
Avec tes mains - **2009, La brune, Babel n°1129, 2011.**
Une étoile aux cheveux noirs - **2011, La brune, Babel n°1197, 2013.**
À l'ombre du jasmin - **2012, La brune, Babel n°1282, 2014.**
Juste écouter le vent - **2015, La brune.**

Né en 1952, **Ahmed Kalouaz** vit dans le Gard.
Il est l'auteur de plus d'une quarantaine de livres pour les adultes, les adolescents et les enfants.

Graphisme de couverture : **Olivier Douzou**
Photographie de couverture : © **Joerg Buschmann/Millenium Images, UK**

www.lerouergue.com

doado

Ahmed Kalouaz

la maraude

rouergue

J'en ai tant vu qui s'en allèrent
Ils ne demandaient que du feu
Ils se contentaient de si peu
Ils avaient si peu de colère

Louis Aragon

la maraude

La maraude passe vers sept heures du soir près de la gare de Grenoble, devant l'église Saint-Bruno, parce que c'est là qu'ils sont les plus nombreux. Il y a des pigeons, comme partout devant les églises et sur les places. Ici, chaque matin, c'est jour de marché, alors ils viennent fouiller à leur façon parmi les détritus, les légumes et les fruits que les éboueurs n'ont pas encore ramassés. Mais, quand le soleil de l'après-midi tourne derrière les montagnes, on les voit de nouveau arriver les uns après les autres, sac au dos, tirant ou poussant une petite charrette, telle une armée venue des quatre coins de la ville. Il y a encore à peine quelques semaines, je ne connaissais même pas ce nom, la maraude. D'après ce qu'on m'a dit, ce sont trois ou quatre personnes qui tournent la nuit à bord de leur véhicule pour venir en aide à ceux qui dorment dans la rue. Normalement, il y a un chauffeur, un infirmier et un ou deux bénévoles qui assurent ce service. C'est en parlant aux SDF du centre-ville que j'ai appris l'existence de la maraude de la Croix-Rouge. Ce sont eux qui m'ont dit qu'elle venait le soir dans le quartier Saint-Bruno, et que je pourrais peut-être y trouver mon père. C'est lui que je cherche, car j'ai décidé d'y passer le temps qu'il faudra pour le revoir, même si ça me fait peur depuis son départ. J'ai peu d'indices, juste une phrase glissée à ma mère par un voisin au téléphone. Il lui a dit qu'il traînait vers la gare de Grenoble. J'ai tendu l'oreille, ma mère a détourné le regard, comme si elle ne voulait plus entendre parler de cette histoire, de cet homme qu'elle semble ignorer depuis qu'il nous a quittés il y a une quinzaine de jours, je ne sais pas pourquoi. Mon père avait un métier, menuisier, il fabriquait des fenêtres, des portes en chêne, des escaliers en colimaçon, et des petits jouets en bois à Noël, rien que pour moi : des camions, des voitures. Cadeaux uniques que les autres ne pouvaient pas avoir. J'aimais bien lui sauter dans les bras, le soir, être contre sa poitrine, respirer cette belle odeur de sciure, à l'occasion choper un copeau égaré dans sa poche. C'était un rieur et puis, je ne sais plus trop comment, ça s'est mis à mal tourner. Il ne rentrait plus à la même heure, avait le visage fermé. Surtout, il avait perdu son parfum de résine de pin ; ses mains n'avaient plus que le goût du savon.

Après, il est rentré plus tôt, avant mon retour du lycée ; je le trouvais assis devant la télé, ou sur le balcon, une cigarette à la main, regardant au loin, comme si on était en haute mer, ou, je ne sais pas, un endroit de ce genre. En bas de la rue, il ne passe que des voitures et mes copains qui tapent dans un ballon. Ma mère ne disait rien, jusqu'au jour où elle l'a traité de fainéant, de glandeur, qu'il fallait qu'il se remue, parce que le boulot n'allait pas revenir comme ça, à voir passer les autos. Elle avait beau savoir qu'on lui avait enlevé son travail, comme à tous ses copains de l'atelier, qu'il était sur le carreau parce qu'à présent les gens préféraient commander des fenêtres en plastique. Ma mère se fichait du plastique et du bois, elle voulait juste qu'il retourne au boulot, comme avant, comme dans la vie où elle semblait heureuse. C'est à partir de là que ça a commencé, la mauvaise vie. Moi, je me réfugiais où je pouvais, dans des livres ou allongé sur le lit de ma chambre.

Ensuite, pour mon père, il y a eu les heures passées au bar, pour tuer les journées, le temps de quelques promenades aussi. Il évitait surtout de passer devant la menuiserie, ça lui faisait mal au cœur de ne plus entendre les machines et de voir les planches rangées sous le hangar. Et, un jour, il a disparu, n'a plus donné de nouvelles. Ma mère espérait qu'il était descendu en ville pour chercher du travail et que, par fierté, il ne l'appellerait que lorsqu'il en aurait trouvé. Au bout de huit jours, elle s'est rendue chez les gendarmes, qui lui ont dit qu'ils ne pouvaient rien pour nous, puisqu'il s'agissait d'un adulte. Deux semaines se sont écoulées, au tout début du printemps. Un soir, un ami de la famille a téléphoné à la maison pour nous apprendre qu'il avait croisé mon père autour de la gare de Grenoble, un sac sur le dos, et qu'il avait fait mine de ne pas le reconnaître. Rien de plus, à moins que cet ami nous ait caché un peu de ce qu'il avait vu. C'est dans les nuits qui ont suivi qu'a germé mon idée. Descendre en ville, et tenter de le récupérer. Me disant que, si un voisin l'avait vu, il me serait facile de mettre la main dessus. J'ai mis quelques jours à me décider, même si j'avais préparé un sac à dos avec un duvet, et un peu de nourriture. J'ai récupéré deux billets de dix euros, pliés entre deux livres posés sur une étagère de ma chambre. Pour le reste, j'étais paré, prêt à dormir dehors, s'il le fallait. J'ai souvent passé des nuits à la belle étoile sur les plateaux du Vercors, goûté à la fraîcheur des igloos, et même à l'humidité d'une grotte. Un matin d'avril, à la veille des vacances, j'ai fait comme d'habitude : j'ai pris le chemin du lycée pour ne pas éveiller de soupçons chez ma mère. Mais, au lieu de m'y rendre, j'ai traversé la ville pour aller me poster à la sortie opposée, et tendre le bras pour faire du stop. Je l'avais fait deux ou trois fois pour aller au village voisin, je savais que les gens s'arrêtaient. À peine dix minutes plus tard, j'étais assis dans la cabine d'un camion qui descendait à Grenoble. Le chauffeur ne m'a même pas trop questionné, rien que des banalités sur le temps, la pollution, et le prix de l'essence. Quand il m'a déposé au croisement de la route de Sassenage, je savais que je n'avais plus qu'à prendre le tramway pour me rendre vers le quartier de la gare. Arrivé là, j'ai marché, tourné en rond, essayant de repérer des attroupements ou un homme seul, assis devant un commerce. J'ai croisé quelques types mal-en-point, allongés ou accroupis sur le trottoir, échangé deux ou trois mots avec certains. En fait, je répétais surtout le prénom de mon père. Mais personne ne disait l'avoir vu. L'un d'eux a essayé de me raconter sa vie, une histoire de lac gelé, de charbon, de Lyon, où il était allé, à ses débuts, pour faire la manche.

Puis je suis parti vers le centre-ville, arpentant la place Notre-Dame et la rue Bizanet. J'ai croisé un SDF en état de me répondre et qui tenait des propos à peu près sensés. Il m'a dit s'appeler Émile, qu'il était un peu philosophe, après avoir longtemps conduit des voitures pour des patrons. Je n'arrivais pas à comprendre tout ce qu'il me disait à cause du son d'un petit poste de radio posé près de lui. Il faut dire que je l'ai écouté, incommodé par l'insupportable odeur d'urine de son compagnon du moment. Ils étaient dans ce secteur parce que, pas loin de là, il y a un centre d'accueil de jour où les errants peuvent, le matin, passer prendre un café, faire leur toilette, ou même laver leur linge. Émile m'a dit que je pouvais m'y pointer et que, là-bas, personne ne me demanderait rien. Il en passe tellement des paumés, d'après lui. Curieusement, il m'a tendu une cigarette, mais je lui ai fait un signe de la main pour lui indiquer que je ne fumais pas. J'ai décrit mon père, cela ne lui disait rien. J'avais emporté une photo de lui en quittant la maison à l'aube, mais je n'ai même pas pris la peine de la lui montrer. J'en étais encore à ne pas savoir où me mettre, par le simple fait de croiser des dizaines de personnes indifférentes. Quand je repérais un groupe d'hommes pas trop avinés et à l'air peu agressif, je m'approchais d'eux, malhabile et gêné de devoir poser cette question :

– Je cherche mon père, vous le connaissez ?

Je donnais son prénom, parfois, mais on m'a répondu que dans la rue on utilisait surtout des surnoms : « Le Taiseux », « La Rouquette », « Berlioz », et bien d'autres. Les chiens qui les accompagnent ont des noms d'animaux battus, mais fidèles. Eux ne cherchent rien, juste une main amicale. Je ne sais pas s'ils comprennent quelque chose à cette vie qu'on leur fait subir. Au bout d'une corde, du matin au soir ; tapis la nuit dans des réduits avec leur maître en état second, capable de les rouer de coups parce qu'ils ne se sont pas assis assez vite, ou qu'ils ont osé montrer les crocs à un passant qui s'apprêtait à être charitable. Et je me demandais, au fur et à mesure que j'avançais dans ce monde de guenilles, qui, entre les hommes et eux, menait vraiment une vie de chien.

Tout à l'heure, un homme du groupe de la place Notre-Dame m'a dit de sa voix caverneuse : « Tu vois, petit, la bonté, ça peut vite devenir une faiblesse, ici, si tu fais pas attention. » J'ai pensé à mon père, si doux avant que le sol se dérobe sous ses pieds, incapable de violence et de brutalité.

En une journée, j'ai mesuré le mal qu'il pourrait se faire, nous faire, en voyant ces hommes à la gueule ravagée. Non, il n'a pas le droit. Mais je me suis dit aussi que la nuit allait me surprendre là, sur cette place, à présent que la maraude s'éloignait vers d'autres quartiers. Je n'ai pas osé leur demander de grimper dans la camionnette avec eux. La maraude a une dizaine de points de rendez-vous où les gens de la rue savent la trouver. Le chauffeur m'a dit qu'ils repasseraient plus tard, une fois leur première ronde terminée. Je n'ai pas la moindre idée de l'endroit où je pourrais m'allonger, même si je sais pouvoir être à l'abri, dans mon duvet. Mon père a dû commencer à se poser la même question au début de la première nuit de son errance. À moins qu'il n'ait mis de côté quelques billets pour se payer un hôtel, s'acheter une barquette de frites sur la place de la gare. Difficile de savoir. Il s'était enfoncé dans le silence depuis un bout de temps. On manquait un peu d'argent, mais il bricolait au noir dans des résidences secondaires. Il sait tout faire, charpentier, maçon. « Des mains d'or », c'est ce que disent de lui ses amis. Pas comme celles des gars que j'ai vues aujourd'hui. Eux, on dirait qu'ils essayent de s'accrocher au bord du gouffre, avec leurs corps qui tremblent. Ils se sont égarés trop loin, déjà. Je n'ai pas envie que mon père leur ressemble un jour. La rue, c'est un théâtre où s'agitent des personnages venus de toutes les misères, des acteurs qui récitent les mêmes répliques. Une pièce, une clope, une flopée d'injures au fur et à mesure que la journée avance. Avec des rôles qui ne changent jamais, la même fin à la tombée du jour.

Je ne sais pas si je dois attendre la prochaine maraude ou me bouger pour trouver un abri. Les derniers rayons de soleil ont allumé depuis longtemps les neiges du massif de Belledonne. Le ciel sera étoilé. On m'a dit qu'à quelques rues de là se trouve un centre d'accueil qui abrite une vingtaine d'hommes. Mais je n'ose pas m'y rendre. Sans doute par peur de voir mon père ressembler déjà à ceux qui entourent le camion de la Croix-Rouge sur les marches de l'église. Dans la rue, les journées sont longues, je m'en suis aperçu au fur et à mesure que les heures défilaient. La fatigue me prenait.

Marius

Je suis toujours content de vous voir arriver, un peu comme si vous étiez l'horloge. Il n'y a pas de nouveaux, ce soir ? Moi non plus, pas gagné grand-chose aujourd'hui à faire la tape. C'est bizarre, la manche, t'es content que le type te glisse une pièce dans le gobelet, même si ce sont souvent des femmes, et, au moment où il se penche vers toi, tu éprouves un sentiment de haine envers lui, parce qu'il est à l'aise, qu'il est dans le propre, et ça, au fond, tu ne peux pas le supporter. La rue, c'est un enfer où vivent des diables. Parfois, je me dis qu'il faut avoir l'air heureux pour que ça marche. Sourire, je sais faire, mais ma gueule a dû changer. On peut vivre mal, mais faudrait enlever la souffrance et l'humiliation.

Je rêvais de je ne sais quel métier de foutraque, chercheur d'or, acrobate ou jongleur, et, au bout du compte, je me suis pris les pieds dans le tapis, me suis fait avoir comme un bleu. Aucun trésor, pas de princesse à l'horizon. Le gamin dont je te parle, je l'ai vu hier après la maraude, il m'a dit qu'il cherchait son vieux. Le mien, bon Dieu, où il doit être ? Ça fait une paye que je l'ai pas vu ! J'ai eu honte de lui avant de l'avoir aimé, avec son visage et ses mains sombres. Par chez nous, on parlait des puits ; ou on y travaillait. Celui des Rioux, et, le plus célèbre, le puits du Villaret. Les mineurs, comme dans toutes les houillères, s'appelaient les gueules noires. Tu parles d'un nom ! Il y en a qui cherchent des souvenirs pour avoir chaud. J'ai souvent eu froid, avec rien pour que ça aille mieux. Le gamin doit faire pareil en cherchant. Moi, en y regardant de plus près, je revois un lac pris dans la glace, à Laffrey, sous la statue de Napoléon, l'endroit s'appelle la prairie de la Rencontre, et c'est là que j'ai failli perdre mon père la première fois.

C'était l'hiver, avec de la neige partout sur les crêtes du Grand Serre, autant sur la montagne du Maladray. J'sais pas s'il avait bu, parce que, là-bas, y avait quelques assoiffés aussi, mais il lui a pris l'idée de marcher sur l'eau, comme Jésus. La glace a cédé, tu penses bien, il faisait plus de cent kilos. Du muscle, rien que du muscle, mais rien qui va avec. Alors il est peut-être mort un jour en faisant le mariole sur la glace de ce lac ou d'un autre. Il y a mille façons de mourir. Ce jour-là, il s'en était sorti parce qu'un type était garé sur la rive, devant le restaurant, et qu'il a trouvé une corde assez longue dans son coffre de voiture. Heureusement que mon père était costaud, parce qu'il s'est agrippé à la vie, vous pouvez me croire. Quand il est sorti de son bain glacé, il a enlevé ses vêtements et s'est réfugié dans l'auto. Il a laissé le moteur tourner un moment pour se réchauffer, et, au bout d'un moment, il a mis un coup de klaxon. Pendant dix minutes, ma mère n'a pas bougé de la place où elle était quand la glace a cédé. Déjà qu'elle parlait pas beaucoup, mais là, elle est devenue, comme qui dirait, une vraie carpe, une saison morte. Et la solitude, c'est un interminable silence où tu n'entends plus le bruit du monde. Il y a des soirs où j'ai mal à la tête, pas à cause de ce que je bois, mais parce que l'angoisse me tombe dessus avec la peur de la nuit. Un peu comme si je redevenais le gosse craintif que j'étais. Il y a une belle chanson qui dit que nul ne guérit de son enfance. Ça ne m'a pas quitté, j'ai pas trouvé le vaccin. Tu vas me dire que je radote, et que tu la connais par cœur, mon histoire, depuis le temps que tu tournes avec ta camionnette. Drôle d'idée de faire la maraude, de s'occuper de gens comme nous. Au fond, ça me touche vraiment que vous preniez du temps pour nous soutenir. Qu'est-ce qu'on vaut, hein… pour que vous veniez gaspiller vos soirées et vos nuits pour des types qui ne sont plus dans le circuit ? Vous nous prenez encore pour des êtres humains et, franchement, je m'en fiche de voir que vous portez une croix rouge sur votre blouson. Au moins, vous servez à quelque chose. Comme disait l'autre, c'est sans discours ni baratin.

Si ça vous fatigue, vous m'arrêtez, hein ! Le gamin qui est là-bas ? Non, vous ne le connaissez pas, il cherche son père, il a pas l'air trop paumé. Peut-être qu'à force de voir flotter des gens comme nous, dans cet endroit de survie, il le retrouvera. Il est courageux, en tout cas. Moi, quand le bonheur est passé, j'étais en retard, ou pas sur le bon quai. C'est bête, parce que tu attends, tu attends, et un jour il te file sous le nez. J'étais du genre peinard, et un jour on a mis une vipère sur ma route, un Alsacien qui ne buvait que du Picon bière, rougeaud comme un Anglais qui a trop pris le soleil. Le bureau où l'on travaillait est devenu trop étroit pour deux. Il s'est mis à me chercher des noises, par jalousie ou de peur que je lui prenne la place. Il y avait un coffre avec un peu d'argent liquide dedans, pour dépanner les gars du chantier qui avaient besoin d'une petite avance. Tout juste de quoi boucler la semaine, un gros billet pour rester en vie. Un jour, le rougeaud en a fourré quelques-uns dans une poche de ma veste. J'ai compris le coup foireux quand il s'est mis à gesticuler en appelant le patron. C'était imparable. Il ne pouvait pas garder dans son entreprise un gars qui tapait dans la caisse. Je suis même pas sûr qu'il ait cru à la supercherie, mais il avait peur de l'autre. J'ai pris la porte aussi sec, et c'est moi qui me suis mis au Picon bière. À la maison, j'ai démoli à coups de masse tout ce que j'avais construit de mes mains pendant des années, le week-end, les jours fériés. Ma femme n'a même pas opposé de résistance, elle s'est installée chez sa sœur. De toute façon, c'était un peu en quenouille depuis pas mal de temps. Tout est usant dans la vie. Un jour de grosse cuite, je me suis allongé dans le caniveau, le nez dans la merde des chiens et les odeurs d'essence, la jambe cassée net comme une branche de noisetier. Ils m'ont remis des plaques et des vis à l'intérieur pour que ça tienne. C'est pour ça que je marche avec des béquilles. Mais la rue, c'est un pas en avant, trois pas en arrière. J'espère que ce Théo va retrouver son père avant qu'il ne soit trop tard. Dans la rue, les corps se creusent vite avec des cicatrices et des balafres. Mon visage, ça fait longtemps que je le regarde plus, même quand je vais à la douche du 115. Pourtant, au début, j'ai toujours voulu me reprendre, jusqu'au jour où j'ai vu mes mains qui tremblaient et qui ne savaient plus rien faire d'autre que se tendre devant les passants.

Avant, du temps du lac, le ciel était bleu, à présent, je ne le regarde plus. Qu'est-ce qui va en descendre ? Un rayon de soleil ou d'espoir ? Une pluie de meilleures nouvelles ? Là, au ras du sol, on est comme des Martiens perdus sur une autre planète, une terre hostile. Tu as beau crier, rien ne bouge, y a pas d'horizon devant. Si ma mère avait imaginé que j'allais devenir clochard, elle m'aurait bercé plus longtemps avec ses mains de fée, ou elle m'aurait laissé couler sous la glace pour ne plus me voir. Ma vie est pire qu'un puzzle, impossible de recoller les morceaux, ça bouge tout le temps. Au fur et à mesure, il y a des mots qu'il faut barrer de ton vocabulaire, des mots comme fatigue, accablement, la honte, aussi, je te l'ai dit. Au début, j'ai erré, marché et marché, fait le tour de la ville par toutes les rues où il y avait du monde, et même dans les autres, désertes, où il était inutile de faire bonne figure. J'avais toujours peur de tomber nez à nez avec quelqu'un qui me connaissait dans la vie d'avant. C'est pour ça qu'un jour, j'ai pris le train en fraude pour Lyon. Les contrôleurs m'ont fait descendre à Bourgoin, mais je suis remonté dans le suivant. J'ai cru qu'en arrivant à Lyon, la grande ville, ce serait dimanche. Raté. Au temps de la vraie vie, les dimanches étaient fleuris, mon père grattait le violon, c'était de famille. Les Polonais qui travaillaient à la mine avaient rapporté cette musique de fête avec eux. Ils en ont fait tourner des couples, et en ont marié plus d'un. Les fiancées venaient souvent du village voisin ; d'un hameau où les hommes ne sortaient que pour aller à la guerre ou à l'armée.

Et là, à Lyon, il a fallu que je me batte pour me faire une petite place, parce qu'il y avait du racket, encore plus de violence. Tu t'endormais avec un peu de monnaie et des types venaient te l'arracher en pleine nuit. Après, va aller porter plainte ! Il n'y a rien de sérieux dans notre façon de parler, de marcher et d'expliquer les choses. J'ai même vu un gars qui se déplaçait en fauteuil roulant et à qui on a piqué les roues, le laissant sur le sol, incapable de se dégager. Le gamin cherche, oui, et il faut vite qu'il sorte son père de la jungle. Je sais même pas si on appartient encore au monde des hommes. On pourrait dire qu'on est des exilés, mais, ceux-là, je leur laisse la place. Pour rien au monde je n'aurais risqué de traverser la mer sur une barque qui dégueule ses pauvres dans les vagues.

Au fond, qu'est-ce que j'en sais ? Si c'est mieux de mourir de froid dans la rue, ou la gueule ouverte sous le soleil ? Je dois te fatiguer, car on est tous là à baver sur ce qu'on est encore, et ce qu'on est plus. Mais c'est vrai qu'on aime bien vous voir arriver, ça repose un peu, parce qu'après votre passage il faut tenir la route. C'est pas donné à tout le monde d'offrir un café et de parler à des loques. Je vais te dire. La maraude, c'est comme si on allumait la télé. Le canapé est un peu dur, mais tu vois arriver vers toi un beau visage, une belle femme qui te parle sans te juger. C'est bon, et c'est toujours une demi-heure de gagnée sur la nuit. Ensuite, une fois le poste éteint, il te reste à t'endormir, si ça veut bien arrêter de tourner dans tes méninges. Tiens ! Tous les trois dans votre costume, on dirait Melchior, Gaspard et Balthazar. Et quand votre étoile s'éloigne, tu pries pour être encore là le lendemain matin, même si tu en as marre au point de vouloir te foutre à l'eau. Certaines nuits, des gens de la Croix me disent que ça leur apporte beaucoup de marauder, que c'est enrichissant pour eux de nous rencontrer. Et là, je dis chapeau !

la rue

Après le départ de la camionnette de la maraude, je me suis dit que mon père ne viendrait plus. Sur la place, les choses commençaient à mal tourner, comme tournent les bouteilles de vin de main en main. Mon sac à dos bien calé, j'ai marché un moment rue des Eaux-Claires, car je savais qu'au bout se trouvait un stade de rugby où nous étions venus quelquefois en famille assister à des matchs. Le long de l'avenue, à l'arrière de la tribune principale, il y a un grand parc. J'avais pensé que, dans mon duvet et à l'abri d'un bosquet, je pourrais passer une nuit à peu près tranquille. Mais ne s'improvise pas Robinson Crusoé qui veut. D'abord le froid, même en ce mois d'avril, et puis la faim, car l'heure du repas du soir approchait. Les billets que j'avais en poche pouvaient me permettre de tenir deux ou trois jours. La quête de mon père durerait peut-être moins. Je me suis accroché à cette idée. Pour passer la nuit, j'ai acheté quelques provisions dans une épicerie qui semblait ignorer les prix pratiqués ailleurs. Je n'ai pas fait la fine bouche, et me suis dirigé vers le parc où j'espérais trouver refuge. À part le bruit de fond de la ville auquel je n'étais pas habitué, je ne craignais rien. Dire que j'ai bien dormi serait exagéré, mais, à l'aube, j'ai quitté mon abri sommaire à l'heure où la ronde des voitures battait son plein. Au point d'eau du parc, j'ai fait une toilette de chat, je me suis recoiffé avant de repartir en direction du centre-ville. À quelques mètres du stade se trouvait une école hôtelière. Devant les grilles encore fermées, des garçons et des filles attendaient. Ils portaient un costume ou une jupe de couleur sombre. Une cravate ou un nœud papillon agrémentait le tout. Leurs chaussures étaient cirées comme je n'en avais pas vues depuis longtemps. Tout à leurs conversations, ils n'ont même pas fait attention à moi. J'ai marché le long du cours Jean-Jaurès, évitant de prendre le tram pour économiser quelques euros. Je me rendais compte en marchant que j'avais encore un peu d'appréhension, que, sans vouloir me l'avouer, j'avais peur d'aller vers ce monde singulier, ces êtres étonnants croisés la veille. J'avais peur de frapper à des portes qui n'existaient pas. Je craignais de m'approcher de ce monde que je ne connaissais que de loin. Un reportage vu d'un œil distant, à la télévision, une photo dans un journal, dont je n'avais pas pris le temps de lire l'article qui l'accompagnait. Un monde si loin de mes préoccupations, dans notre village blotti au creux des montagnes. Entre les immeubles, je les aperçois en suivant le long ruban d'arbres qui part de la Bastille pour s'éloigner dans mon dos, vers le sud. Il nous est arrivé quelquefois de prendre cette direction en famille, pour aller rendre visite ou passer une semaine de vacances chez un oncle qui habite près d'un lac. S'il savait ce que son frère risquait de devenir, poussé par la dérive, le chagrin et la descente vers l'inconnu. Mon père était pourtant gentil, attentionné, j'aimais lorsqu'il passait sa main dans mes cheveux, m'offrant à la volée ce bon parfum de résine. Cette même main qui, un soir où il avait bu, s'est abattue sur moi. Il ne l'avait jamais fait auparavant.

Ce jour-là, en rentrant sans doute du bistrot à l'heure du dîner, ma mère lui a fait une remarque sur son état. Il a haussé le ton, et, sans raison, m'a reproché d'avoir mis du désordre dans ses outils. J'avais pourtant le droit d'utiliser son établi, prenant toujours soin de tout remettre en place. Mais, ce soir-là, il s'est emporté, et quand la claque est tombée je me suis assis, médusé, en le regardant. Il s'est excusé immédiatement. Trop tard, car j'ai pensé dans l'instant qu'il n'était plus le même homme. Mon père venait aussi de briser notre complicité.

Un frisson me parcourt. Le fait d'y repenser ? Le froid de la nuit passée ? Ou plus sûrement la faim qui me prend. Malgré la multitude de cafés disposés sur ma route, j'hésite entre me payer un chocolat ou une baguette encore chaude. Je jette un œil de temps en temps aux vitrines des magasins pour y découvrir mon allure, l'air que j'ai, en passant mes doigts dans les cheveux. Personne ne fait attention à moi, et quand je pénètre dans un bar du cours Berriat, j'ai l'impression de revenir dans le monde. Des voix, des gens qui se parlent, d'autres qui parient sur des chevaux, ou pour des jeux dont ils attendent fortune. Je m'installe à une table et commande le chocolat dont je rêvais depuis une heure. Le pain croustillant est dans mon sac, et, discrètement, je brise le quignon que je mastique longuement. Avant d'entrer, j'ai remarqué à quelques pas de là le premier mendiant du jour. C'est trop tôt pour m'embarquer dans mes recherches. Je voulais réfléchir un peu, avant d'aller errer n'importe où. Du peu qu'à présent je connaissais de la ville, j'ai décidé de quitter le centre et d'aller chercher à la périphérie, devant des commerces. Les types de la veille m'avaient expliqué qu'il y avait de bonnes places, là où « la tape » marche le mieux ; mais elles sont prises et, au besoin, ceux qui les tiennent emploient la force pour éjecter les intrus. Dans cette confrérie de largués, chacun doit garder sa place, sous peine de se voir repousser à la marge de la marge, le visage marqué. Il y en a pour qui l'idée fixe, c'est la bagarre, les embrouilles, se foutre sur la gueule à la moindre occasion. Et ceux qui ne se rendent même plus compte de la présence des autres, vont et viennent, solitaires. On m'a dit de m'en méfier, car ils sont imprévisibles.

Après mon petit déjeuner, j'ai longé la rivière pour contourner le centre-ville, traversé un petit jardin public où visiblement quelques hommes avaient pris leur quartier, assis sur des bancs, gesticulant et se parlant fort. J'ai baissé la tête pour ne pas croiser leurs regards. Nous étions près de la rue Bizanet et peut-être avaient-ils déjà pris leur café, là-bas, au point d'accueil, ou fait un brin de toilette. Hier, j'avais souvent été incommodé par l'odeur que certains rejetaient. La crasse, mais aussi la pluie qui laissent sur les vêtements une odeur de moisi. Une femme rencontrée à la maraude m'a dit préférer le froid à la pluie. Avec les cartons, on arrive à s'isoler du sol, mais quand il pleut, c'est impossible. Et encore faut-il trouver un abri discret pour les ranger et éviter qu'ils ne partent à la benne à ordures, ou dans les mains d'un chapardeur.

Dans une boucle de l'Isère, entre deux échangeurs, j'ai vu sur un bout de gazon trois petites tentes plantées là, dans ce décor d'immeubles et de rues bruyantes. Un homme à la barbe fournie faisait chauffer de l'eau dans une casserole posée sur un petit trépied d'où s'échappait une flamme. J'avais encore beaucoup de gêne en croisant le moindre SDF, par peur sans doute de tomber sur mon père. Mais si je voulais le retrouver, je devais affronter toutes les situations. Ne serait-ce que pour avoir un jour le droit de me regarder en face, avec l'impression d'avoir tenté quelque chose. Prenant mon courage à deux mains, je me suis approché de lui, en ayant l'air le plus pacifique possible, pour qu'il ne prenne pas ma démarche pour une agression. Le barbu a prononcé un petit salut avec un fort accent. En poursuivant d'un bienveillant :

– Qu'est-ce qui t'amène, fiston ?

Désarçonné, j'ai répondu :

– Rien.

– Alors, c'est l'odeur du café ?

J'ai dit simplement que je cherchais mon père. Sans que je puisse l'arrêter, il a fait défiler sa vie devant moi. M'a dit qu'au début de sa galère il a porté les mêmes vêtements pendant deux mois, car, à cette époque, il n'y avait pas d'aide, de bénévoles, de douches. La première fois, il a lavé sa chemise et son pantalon dans une fontaine et s'est retrouvé au poste de police, où il a passé une nuit avec ses habits mouillés. Depuis, il vit là, dans cet abri, à deux pas du commissariat.

– Comme ça, on ne cherche pas de noises aux *chibanis*, dit-il.

Puis il s'intéresse à moi, me questionne sur mon père, m'apprend que, dans ce petit périmètre, ils ne sont que trois. Tous d'anciens ouvriers immigrés que leur maigre retraite a jetés dans la rue. Il ajoute que pourtant ils ont travaillé des dizaines d'années, qu'ils se sont fait gruger par des patrons ne les ayant jamais déclarés. Eux qui ne buvaient pas, ils se sont mis à noyer leur solitude dans le vin, comme tous les autres. Moi qui étais venu demander de l'aide ou un renseignement, je me retrouve à écouter ce qu'il n'a peut-être jamais dit à personne. Sous son bonnet apparaissent des cheveux qu'il n'a pas dû laver depuis longtemps. Il allume une cigarette qu'il vient de rouler, ne m'en propose pas.

– C'est du tabac que je ramasse dans les mégots, ce serait pas bon pour toi. Nous, on est vaccinés, c'est pas grave. Et on se mélange surtout pas aux autres. Il y a beaucoup de tordus, car Dieu ne fait pas bien les choses.

Je l'ai écouté un moment, moi debout, lui assis sur une chaise pliante, tenant une tasse dans sa main tremblante.

– Une autre maladie qui approche, a-t-il dit en me la montrant.

À cet instant, une forme s'est extraite d'une tente. Un personnage vieilli, les yeux hagards dirigés vers moi. Un homme silencieux à qui il manquait une rangée de dents. Il ne s'est même pas étonné de me voir là, m'a salué vaguement en levant un bras. J'ai pensé qu'il était temps de partir pour ne pas les ennuyer. Avant mon départ, l'homme à la barbe m'a conseillé de passer devant le cimetière, en remontant la rue qui menait à un grand centre commercial. D'après lui, certains mendiants s'installaient là au début de leur errance, en attendant de trouver mieux.

– Là-bas, c'est des bourgeois, ils ne donnent pas beaucoup, a-t-il glissé, avant de me souhaiter bonne chance.

Suivant son conseil, j'ai emprunté le chemin qu'il venait de m'indiquer. Le haut mur du cimetière, puis, au bout, après un rond-point, les premières enseignes. Un vigile était posté devant l'entrée principale de l'hypermarché, l'œil aux aguets, sur le visage, un air déplaisant. J'ai franchi la porte, mais sa voix m'a rappelé à l'ordre. Il voulait savoir ce que contenait mon sac. Quand il a vu mon duvet, il m'a jeté un œil suspicieux.

– Allez file, et pas d'embrouille, a-t-il marmonné. N'ayant pas compris le sens de sa phrase, je ne savais pas si je devais déguerpir ou pénétrer dans le magasin. Malgré mon embarras, je suis entré.

Émile

On peut prendre la route pour une histoire d'odeur, de parfum, de bruyère, un bouquet de fleurs qui ne serait jamais arrivé. La route, ce n'est pas par obligation qu'on commence à l'arpenter. Moi, j'aime la campagne, mais la ville me brûle, et ma vie se crame. C'est comme ça qu'elle devient cendres. Tu sais, je suis devenu adulte très vite quand ma mère est partie. Je ne sais plus. J'avais quatre ou cinq ans, et, à cet âge, tu ne te souviens que des bribes. Et ça me fait peine de voir ce gamin aller un peu partout pour retrouver trace de son père. J'aurais fait pareil pour revoir le mien, mais je ne marchais pas assez vite. Il me reste de lui deux trois moments, où il m'apprenait les chants d'oiseaux, leurs noms, il les imitait bien. Il fabriquait aussi des marionnettes en bois, et m'inventait plein d'histoires. Dans mon sac, il me reste une photo de lui, de quand il était jeune, mais les photos, ça trompe, ça fait trop propre et, avec le recul, on sait pas à quoi ça sert. Malgré ce qui s'est passé, j'en ai une de ma femme ; celle-là, je l'ai tellement embrassée qu'il n'en reste presque rien. La rue, au début, tu crois que ça va pas trop mal se passer, et, un jour, arrive la première neige de l'hiver, vers la fin novembre, et là, c'est le début du tunnel, tu descends à la mine, comme dirait Marius. Je lui souhaite bien du plaisir, au petit, surtout pour son père. Pas la peine de s'apitoyer, une fois que tu es tombé bas, faut du courage pour se relever.

Moi, je me croyais à l'abri, avec un bon boulot. Chauffeur de grands patrons, et puis, comme partout, les affaires se sont mises à tourner moins bien. La musique, on la connaît tous. Licenciement, chômage, en croyant que ça va revenir vite. Rien ne revenait, alors j'ai investi dans une petite affaire de réparations chez les particuliers. Une camionnette d'occasion, une flopée d'outils, des cartes de visite, mais ça a jamais pris. J'y avais mis de l'énergie, toutes mes économies ou presque. Comme ma femme travaillait, je croyais qu'on s'en sortirait. Mais voilà qu'un soir elle m'annonce qu'elle veut divorcer, qu'elle en a marre de cette précarité, qu'elle veut vivre un peu dans la sécurité, et pas trembler tous les matins. Je lui ai dit de patienter, que les affaires allaient reprendre. Un jour que je rentrais d'un chantier, j'ai retrouvé un mot sur la table du salon, pour me dire qu'elle était partie. Elle avait pris tous ses vêtements, ceux de mon fils. Elle est revenue le lendemain pour récupérer des meubles. Je me suis retrouvé avec une chaise, un matelas et un vieux canapé. Sans mon fils, surtout. J'ai installé le matelas dans sa chambre, m'accrochant à l'idée qu'ils allaient revenir, que tout ça n'était pas sérieux. Au bout du compte, je me suis retrouvé là, comme un cafard. Les jours et les semaines passaient, je ne me levais même plus pour répondre aux demandes. Plus de devis, plus de travail, plus de factures, juste les beaux souvenirs qui passent en boucle et la déprime qui te tombe dessus. À fond, à fond. Un jour, ça a sonné à la porte, à la gueule de l'huissier j'ai compris qu'on venait me foutre dehors. J'avais pas payé le loyer depuis des mois. Il n'y avait plus rien à saisir, rien à me prendre : je leur ai laissé la chaise et le matelas, j'ai calé dans un sac à dos tout ce que j'ai pu. Sauf que j'avais rien d'un escargot quand je me suis retrouvé à la rue, sous la pluie. La première nuit, j'ai cherché un porche, un endroit un peu à l'abri et où on ne me virerait pas. L'affaire a tenu, mais le troisième soir un gros malabar m'a prié de quitter les lieux, me signalant qu'autrement j'aurais affaire à sa batte de base-ball. Moi, je cherche pas les ennuis, alors j'ai poussé jusqu'au fond d'un square, sur un petit terrain vague, j'ai mis là des cartons, une bâche en plastique piquée sur un chantier, pour faire une espèce de cabane, même pas un vrai abri. Mais, quand le froid est arrivé, je me suis rapproché d'un supermarché pour y faire la manche, et surtout affronter le regard des gens, ceux qui te toisent une fois leur chariot plein à craquer, les petits vieux qui vivent aussi d'une misère de retraite, et qui te toisent avec un air de pitié, avec leurs yeux qui semblent dire : « Je ne peux rien pour toi. » Il y en a bien qui s'arrêtent pour parler et te glisser une pièce, mais chacun sa vie quand même. Des fois, on me donnait de la nourriture. Mais pour quoi faire ? Je n'avais ni casserole ni cuisinière. Au bout d'un moment, j'ai eu honte de moi, avec cette crasse et cette odeur, ma propre odeur qui me dégoûtait. Ma barbe de plus en plus longue et mal entretenue. Plus de nouvelles de ma femme et du gamin, bien sûr. C'est bien ce qu'il fait, le petit. Comment il s'appelle, déjà ? Théo, oui. Chercher son père dans ce panier de crabes. Mon fils est trop petit pour faire ça. Mais le gosse découvre peut-être des choses qu'il devrait ignorer, c'est pas de son âge. Je l'ai quand même envoyé à l'hébergement d'urgence, mais on est à Pâques ; si ça se trouve, c'est déjà fermé. Il n'y a même plus de cabines téléphoniques !

Quand tu tombes à la cloche, c'est de plus en plus difficile de remonter, tu dévisses trop vite, et tu t'enlises, adieu l'avenir. Tout ce qui me reste est sur moi, j'ai arrêté de trimballer le superflu, j'ai déjà du mal à avancer. Il faudrait que je trouve des béquilles ; les genoux, les chevilles, ça déguste avec l'humidité, avec les sols durs. À la louche, ça doit faire quatre ans que je suis à la rue. Quand la manche ne marche pas trop, il reste les poubelles. J'ai eu du mal à m'y mettre, mais, un jour, j'ai repéré un conteneur à l'arrière d'une boulangerie où ils balançaient les invendus. C'est devenu mon garde-manger, je venais y prendre mes desserts, et puis ça s'est su. Pour éviter les attroupements, le boulanger s'est mis à arroser sa marchandise périmée à la Javel. Ils font pareil dans les supermarchés maintenant. C'est dégueulasse, c'est la loi. C'est la loi des riches et des profiteurs qui se la coulent dans la soie et le velours. C'est comme ça que tu te tricotes une espérance au jour le jour. Bientôt, ils vont nous coller un code-barres pour savoir où nous trouver à l'heure des rafles. Parfois la manche, ça peut rapporter. Mais s'il pleut et que les gens sont pressés, t'as plus qu'à plier boutique ! Au début du mois, les moins pauvres que nous, ils donnent. Quand on approche de la fin, ils doivent aussi compter leur tirelire. C'est que ça devient fragile, la vie, à présent. Si le monde était parfait, il n'y aurait plus besoin de maraude, hein ! Et qu'est-ce que vous deviendrez sans nous ?

Le gamin court derrière son père, moi j'ai plus de famille, même pas un frère ou une sœur. Pour eux, c'est comme si j'étais parti avec la caisse ou comme si j'avais tué père et mère. Un clodo sur la photo du dimanche, ça fait tache. Aucun ne m'a proposé une chambre ou même un garage pour y passer les nuits. J'ai pas insisté, non plus. Le problème, c'est que je n'aime pas aller dormir dans les centres d'hébergement. Les dortoirs, très peu pour moi ! Une année, j'avais taillé la route vers le sud ; durant un printemps, comme ça, le bourdon m'a pris, j'en avais assez de voir les montagnes, j'arrivais plus à respirer. Mais c'était dur, les places étaient chères là-bas aussi, et je ne connaissais pas le mistral. C'est un truc qui te traverse la peau et les os en moins de deux. J'avais récupéré une petite tente que j'ai plantée juste en face du pont d'Avignon et du palais des Papes. La plus belle vue qui soit, juste pour ma pomme. J'ai été tranquille quelques semaines, il y a même un gars qui passait tous les matins avec un sac en plastique et de la bouffe dedans. Il ne faisait aucune remarque, juste deux trois mots gentils sur le froid. Un peu comme vous, la gentillesse, le service, sans se la ramener, à vouloir savoir comment et pourquoi ? Mais, au début de l'été, des types de la mairie m'ont prié d'aller prendre le soleil ailleurs. C'était pas beau dans la carte postale, pour les touristes qui se dirigeaient vers l'embarcadère pour prendre la navette qui traverse le Rhône. Pendant un temps, je me suis installé un peu plus loin sur une berge, près d'un club d'aviron. Je pouvais aller y chercher de l'eau, et me laver le matin. Le gérant n'était pas trop regardant. Et là, pas de bol, le fleuve se met en crue, monte et monte à des mètres de hauteur ! Je me suis tiré dare-dare pour revenir ici. Je n'ai plus le pont, mais la soupe est bonne. Du temps de mes parents, la soupe, c'était tous les soirs, et puis tout le monde avait un jardin à la campagne. Mon père appelait le sien « La seigneurie », peut-être parce qu'il donnait sur une allée de platanes.

Vas-y, mon gars, je veux bien reprendre un gobelet de soupe. Et si tu as une ou deux doses de compote, pour le sucre. J'en manque, j'ai l'impression de couver une cochonnerie. Je te disais qu'on pouvait prendre la route pour une histoire d'odeur, de bouquet de fleurs qui s'égare. C'était avant, la mémoire triche un peu quand elle ne veut pas perdre ses dernières illusions, même si le bouquet est fané. Et l'avenir en prend un coup. Moi j'ai failli crever deux fois. Sans Irène, je ne serais plus là. C'est la seule qui se balade avec un jeu de Scrabble dans sa musette. Des gens comme elle, ça compte double. Je sais même pas pourquoi elle est à la rue, elle a des mains de pianiste, ne boit pas une goutte. Elle parle souvent de la guerre, mais on n'en sait pas plus. C'est elle qui m'a surnommé « Le Philosophe », car elle dit que je parle bien, que j'ai de l'instruction. À elle aussi, ça lui va bien, son prénom. Dans notre cour des Miracles, c'est une reine. Personne ne lui cherche des crosses. Je dis respect. Aujourd'hui, c'est un mot qui nous manque : il s'est perdu, comme sur ma langue le goût des fraises de « La seigneurie ». On dit toujours que c'était meilleur avant. Avec mon frère, on s'allongeait dans les allées du jardin, et, à plat ventre, on gobait les fruits les plus rouges. Le parfum qui nous coulait dans la bouche me revient. Pour ça, la mémoire ne peut pas te jouer de tours.

la soupe et les mots

J'ai traversé la galerie du centre commercial sans me préoccuper des gens que je croisais, j'avançais, essayant de me souvenir des conseils du mendiant à la tente. Il m'avait dit d'aller voir près d'un fast-food, car c'est souvent le lieu de rassemblement des SDF de ce secteur. À l'occasion, ils fouillent dans les poubelles, quand elles ne sont pas arrosées de produits toxiques. Je me disais que j'avais rendez-vous avec mon père, même si je ne savais ni où ni quand il aurait lieu. Lui parti, c'est une lampe qui a claqué dans ma tête, un peu d'ombre déposée sur ma vie. Sans cette lumière, je me sentais comme orphelin. Mais ce n'était pas le moment de s'égarer. Car sur l'instant j'ai eu l'impression d'être venu pour rien. Il y avait bien deux hommes assez jeunes, assis sur une murette, qui parlaient entre eux dans une langue étrangère pendant qu'ils croquaient un sandwich. Je ne savais pas si je devais rester là toute la matinée, ou aller tenter ma chance ailleurs. À regarder les autres manger… J'ai pensé au lien, à la petite marge qui pouvait exister entre la mendicité et le vol, les jours où l'argent ne vient pas. Dans un magasin, près de chez nous, j'avais vu quelqu'un, au moment des fêtes de Noël, dissimuler sous son anorak un sachet de saumon. Avait-il faim ou était-ce une habitude de voler de la nourriture ? Arrivé à la caisse, il a déposé sur le tapis une boîte de sardines. La caissière l'a dévisagé longtemps, puis il s'est vite éloigné après avoir payé. Peut-être le connaissait-elle ?

Mes pensées tournaient à plein régime. Je me demandais, à présent que j'étais engagé dans cette recherche, ce qui me guidait vraiment. Pourquoi cette peur, malgré l'envie et le besoin de retrouver mon père ? Lui qui s'est enfoncé en peu de temps dans les sables mouvants, oubliant la tendresse et l'attention dont il faisait preuve. J'ai aussi l'impression que ma mère a été trop exigeante avec lui, trop dure. Elle voulait qu'il accepte n'importe quel emploi, pourvu qu'il reprenne le chemin du travail. Comme si sa peine d'avoir été mis à l'écart et jeté sans ménagement, avec ses collègues d'atelier, n'avait pas été assez grande.

Tout en remuant ces idées, j'ai repéré un petit renfoncement où je pourrais m'asseoir sans être dérangé. Visiblement, le vigile ne s'intéressait qu'à la porte principale. J'ai ainsi vu déambuler toutes sortes de gens poussant leur chariot et qui, un moment plus tard, réapparaissaient chargés comme si une guerre allait se déclarer le lendemain. En milieu de matinée, tenaillé par un début de fringale, je suis allé m'offrir pour deux euros une baguette et une tranche de jambon. Je n'avais pas la patience d'attendre midi. Le soir, à la maraude, les hommes réclament une soupe et des mots. La journée, ils la passent à tendre la main, boire et tenir des propos de plus en plus incohérents. J'ai repensé à cette femme à la poussette, aperçue la veille devant l'église Saint-Bruno, dont la présence détonnait parmi les membres de cette Arche de Noé. Assise à l'écart du groupe, elle jouait au Scrabble, seule, comme si elle était installée dans son salon. Son salon, sa maison, comment elle imaginait sa vie d'avant, entourée de meubles, un chat endormi sur ses genoux, un air de musique en fond sonore. Rien ne tournait rond, personne n'était à sa place. Moi, pas plus que ces gens à la dérive.

J'ai coupé mon pain en deux et j'y ai glissé la tranche de charcuterie. À cet instant, une dame en chemin vers sa voiture s'est approchée de moi et m'a tendu une plaquette de chocolat :

– J'ai pris avec des noisettes, j'espère que vous aimez, a-t-elle dit dans un sourire. Je vous ai vu tout à l'heure en entrant. Vous êtes nouveau, par ici ?

J'ai dit oui, si étonné de son geste que j'en ai oublié de la remercier, n'essayant même pas de lui signifier qu'elle faisait erreur.

– Vous avez peut-être besoin d'argent, une petite pièce. Vous n'êtes pas avec les deux Roumains ?

J'ai simplement fait non en secouant la tête. La dame n'a pas insisté, m'a souhaité une belle journée et s'est éloignée sur le parking. J'avais envie de la rattraper. Pour sa gentillesse et son franc sourire, pour parler un peu, car finalement j'en avais terriblement envie. Rester avec ceux qui sont encore dans la vraie vie. Mais je l'ai laissée tranquillement partir, avant qu'elle ne disparaisse entre les rangées de voitures. J'ai sorti le chocolat de son emballage, et croqué le premier carreau.

Un peu plus tard, ne voyant rien venir, à part le groupe qui s'était étoffé, je suis retourné dans le centre commercial pour m'acheter une bouteille d'eau. La rue, c'était donc ça : l'ennui, l'attente, la soif quand il fait chaud. Un gars à l'accent anglais m'a dit hier qu'il redoutait l'été à cause des maladies de peau qu'occasionnait le manque d'hygiène. Car il n'était pas toujours possible de prendre une douche par jour. Au deuxième jour de mon vagabondage dans les rues de Grenoble, j'imaginais déjà ce que pouvait endurer mon père depuis son départ de la maison. C'est pour ça que je n'avais pas envie d'y revenir les mains vides. Mais je me devais quand même d'appeler maman, pour qu'elle ne croie pas qu'à présent la famille comptait deux disparus. La veille, avant le passage de la maraude, je lui ai envoyé un message pour lui dire que tout allait bien, que mon retard n'avait rien de préoccupant. Depuis, bien sûr qu'elle a essayé de me joindre, et même pendant la nuit, mais je ne voulais pas répondre directement, pour lui expliquer que je rôdais entre la gare, la place

Saint-Bruno et les bords de l'Isère à la recherche de son mari. Elle serait immédiatement montée dans sa voiture pour venir me rejoindre et, au besoin, avertir les gendarmes du village. Sur l'écran du téléphone, j'ai tapoté le numéro, avant de me raviser. J'avais peur de céder, de tout abandonner devant son insistance à vouloir savoir où je me trouvais. Je craignais aussi de ne pouvoir recharger la batterie du téléphone. Par économie et par facilité, j'ai simplement écrit que tout allait bien, qu'elle devait me faire confiance, et j'ai envoyé le message. Pour donner dans le romantisme, j'ai inventé l'existence d'une fille rencontrée au lycée et avec qui j'avais besoin de passer deux ou trois jours. J'ai écrit le mot « *vital* ». Le mot était juste, mais pour d'autres raisons.

Revenu à la place où je m'étais installé en début de matinée, j'ai éteint mon portable, car je m'attendais à une rafale de questions de la part de maman. Je préférais pour l'instant qu'elles ne viennent pas. Un des gars du groupe des Roumains est passé devant moi, en me jetant un regard farouche. J'avais pourtant tout fait pour montrer que je n'étais pas un concurrent pour eux. Je n'ai rien dit, car je pense qu'il n'aurait pas compris la nuance. Vers midi, j'ai plié bagage et, le sac sur le dos, j'ai pris le chemin du retour, avec l'idée d'aller faire un tour à la gare, puisque visiblement ce n'était pas dans ce secteur que mon père pouvait se trouver. En regrettant la présence rassurante de la dame à la tablette de chocolat, j'ai repris l'avenue qui, à un moment donné, longe le cimetière. Près de la grille d'entrée, je me suis dit qu'il y avait certainement un point d'eau où les visiteurs pouvaient remplir leurs arrosoirs pour l'entretien des fleurs. Après avoir traversé le pont qui enjambe l'Isère, j'ai fait un passage rapide devant le parc du matin. Quelques énergumènes vociféraient. Je commençais à cerner un peu la rue et ses codes, ses lois qui délimitent des territoires, sa parcelle de survie. Quant à la façon dont se passent les nuits, je le saurais un peu plus en fin de journée, si j'arrive à me mêler aux déglingués qui attendent la maraude. Ayant vu ce spectacle d'hommes à la dérive, je me disais que personne ne pouvait empêcher la dégringolade, pas même mon père. À part, peut-être, la clocharde à la poussette, pour des raisons que j'ignore. Devant leur agitation, j'ai passé mon chemin. J'avais déjà compris dans le regard du Roumain que personne ne plaisantait dans cette confrérie bancale. Un mot, un geste de trop, et tout explosait.

Sur le chemin de la gare, j'ai trouvé d'autres infortunés sur les marches de l'église du Sacré-Cœur. Là aussi les esprits étaient échauffés, l'ambiance tendue. Invectives, bras agités dans le vide, et toujours des chiens stoïques ou apeurés, tenus au bout d'une corde. Ce sont eux que je plaignais le plus. À cinquante mètres de là se trouvait enfin la gare. Je commençais à avoir mal aux pieds, après cette longue marche. Je me suis glissé jusqu'aux quais par un portail situé sur la gauche du bâtiment, pour m'asseoir un peu et retirer mes chaussures. Juste à côté, le tramway avalait ses grappes de voyageurs. D'un train à l'autre, d'un wagon au suivant, des gens se croisaient, s'ignoraient. Certains s'embrassaient en se retrouvant ou en se quittant. Je les enviais en pensant à la princesse que je m'étais inventée pour donner à ma mère une raison de ne pas s'inquiéter. Elle avait répondu à mon message, réclamant cette fois de me parler de vive voix. En une dizaine de mots, je lui avais promis que je le ferais un peu plus tard.

Sans en avoir l'air, je fixais presque tous les passants, les hommes surtout, espérant y lire le visage de mon père. Mais aucun ne correspondait au sien. Je n'étais pas loin de la place Saint-Bruno, point de rencontre de la maraude du soir. Il suffisait de traverser le cours Berriat pour y être. Il était encore tôt, et je ne tenais pas à passer du temps avec un groupe d'hommes en ébullition. J'ai été surpris de voir, près du lycée tout proche, la dame à la poussette, assise sur un banc. Elle était seule, je me suis approché d'elle en la saluant discrètement. Elle m'a reconnu et m'a demandé si j'avais des nouvelles. J'ai répondu non. Elle en était désolée et voulait savoir à quoi mon père ressemblait vraiment. J'ai repensé à la photo emportée la veille ; instinctivement je la lui ai montrée. Elle l'a tenu entre ses doigts un bon moment, avant de me la rendre. Ce visage ne lui disait rien. Puis elle a essayé de me dissuader de fréquenter les malheureux qu'elle côtoyait pourtant.

– Ils sont imprévisibles, m'a-t-elle dit, avant de me proposer une partie de Scrabble. J'ai accepté avec plaisir.

Irène

Mon mari voulait que nous achetions une maison, il en rêvait. On allait même le samedi se promener dans certains quartiers pour voir ce qui était à vendre. Il se pâmait devant les jardins, il disait qu'un jour, quand ce serait à nous, il mettrait une cabane avec des outils, aménagerait un atelier, à présent que nos enfants avaient leur vie. Un soir, en rentrant, il m'a déclaré : « J'ai plus envie de vivre dans une maison. » Il a fait sa valise, emporté deux ou trois vêtements, puis il est parti sans un mot. Et moi, depuis, je suis dans la rue, j'ai laissé ma vie devenir un long chagrin. Ce gamin qui est venu hier sur le banc, il sort à peine de l'enfance, il me rappelle mon fils au même âge, même taille, même regard, l'air de vouloir découvrir le monde à pleines enjambées. Je ne vais pas vous ennuyer avec ce qu'il me reste de vie aujourd'hui. Mais je n'ai jamais raconté cette histoire de ma grand-mère.

Dès que je tournais un peu trop en rond dans l'appartement, la voix de ma mère se faisait entendre :

« S'il te plaît, au lieu de t'agiter, appelle ta grand-mère pour voir si tout va bien. » Ces coups de fil, devenus obligatoires, je crois qu'elle ne voulait pas les passer elle-même, pour je ne sais quelle raison. Alors je faisais ce qu'elle me demandait, même si j'avais l'impression qu'ils gênaient grand-mère. Je ne sais pas si elle n'entendait pas ou si elle le faisait exprès, mais je devais souvent lui répéter certaines phrases. En particulier, ce que j'avais fait, et les nouvelles du monde. Elle disait souvent : « Peux-tu me redire ça plus lentement, je suis un peu sourde à présent, ma petite. » Maman, de son côté, disait qu'elle entendait ce qu'elle voulait bien entendre, et quand ça l'arrangeait. Un jour, c'est le temps qui ne s'est pas arrangé. Grand froid, grand vent, pas même au cœur de l'hiver, et la grand-mère est devenue fragile, jusqu'à ne plus rien voir, ni entendre, ni respirer. La mort, un jour d'octobre, à l'heure où les oiseaux migrateurs passaient au-dessus des toits dans le ciel du Quercy.

Puis un après-midi gris, à la sortie de l'église de Saint-Géry, un petit convoi s'est dirigé vers le cimetière tout proche. Celui où je l'accompagnais parfois sur la tombe de grand-père, son mari. Armand Desseauve. 1903-1996. Au-dessous de cette inscription, d'autres noms et d'autres dates, des ancêtres que je n'avais jamais connus. Le départ de grand-mère s'est joué entre une dentelle de prières jetées vers les cieux, et quelques poignées de terre en guise de cadeau d'adieu. Ensuite, le téléphone n'a plus sonné chez elle à mes moments d'ennui. La météo avait signalé, la veille de sa disparition, qu'il ferait brumeux en fin de journée. Pendant des semaines, je n'ai appelé personne, même pas mes amies, car aucune voix ne convenait aux embruns qui flottaient sur le Lot et qui venaient cogner à ma fenêtre. Mes parents s'agitaient, parlaient tout le temps de cette maison de Cabrerets qu'il fallait mettre en vente, après l'avoir vidée de ses vieilleries chargées d'âme, ou sans intérêt, et amoncelées au fil des années. Sans oublier la bibliothèque et ses six mille livres que grand-mère avait entassés sur des étagères qui ployaient sous leur poids. Aux vacances de la Toussaint, nous nous sommes retrouvés, mes parents et moi, chacun dans une pièce, à tourner autour de ces objets qu'elle avait utilisés tant de fois. Papa était au grenier, maman dans le salon, et moi dans ce qui servait de bureau à grand-mère. Une petite pièce dont les murs étaient habillés de peintures et de photos dont j'ignorais la valeur et l'origine. J'avais pour mission de mettre dans des cartons tous les livres qui se trouvaient là, et dont nous ferions le tri plus tard. Ils étaient destinés, dans un premier temps, à patienter dans notre garage, en attendant leur ultime destination. J'essayais de faire de mon mieux et, sans éprouver de sentiment particulier, j'entassais les ouvrages dans l'ordre où ils étaient disposés sur les rayonnages, récupérant de temps en temps un bout de papier jauni, une carte postale nichée là depuis longtemps, qu'aussitôt je glissais entre les livres. L'affaire avançait bon train quand, sur une étagère haute, derrière des livres d'art, j'ai découvert une dizaine de carnets de taille identique, et deux autres un peu plus grands, au format d'anciens cahiers d'écoliers. J'en ai feuilleté un machinalement, pour voir ce qu'il contenait. L'écriture était belle, malgré l'encre bleue un peu délavée, avec les contours des lettres comme dessinées par une main soigneuse. La page d'en-tête indiquait : La Peupleraie. Février 1943. Octobre 1944.

Ma mère avait la manie de vouloir faire les courses même quand nous ne manquions de rien. J'ai caché les carnets sur l'étagère, glissé l'un des cahiers sous mon pull, avant de la rejoindre. Au milieu de la pièce était entreposée une pile d'objets en deux tas différents. Je me suis bien gardée de parler du cahier que j'avais emporté et, une fois installée à l'arrière de la voiture, discrètement, pendant que mes parents discutaient de ce qu'ils allaient acheter, j'ai commencé à en tourner les pages.

« Nous sommes arrivés dans la Drôme parce que papa et un groupe d'amis ont décidé de se mettre à l'abri. Certains sont persécutés par les Allemands, parce qu'ils sont communistes. Depuis hier, je vais à l'école de la Peupleraie. » En bas de chaque page d'annotations était mentionnée une date. « Une fille plus âgée que moi m'a dit que des enfants juifs présents à l'école ont perdu leurs parents. » Au milieu du cahier, il y avait une photo d'un groupe d'élèves en costumes de scène, avec cette mention : « Représentation théâtrale avec Monsieur Moncet ». Grand-mère devait avoir mon âge, à l'époque, et ses mots parlaient d'un autre monde, de préoccupations que je n'avais pas. « Il paraît que des centaines de personnes persécutées par les nazis ont trouvé refuge dans la région. »

Au retour, j'ai posé le cahier sur la banquette, plaçant un vêtement dessus, et, de temps en temps, je tournais les pages lentement pour découvrir ces mots d'une autre époque. « Dans l'après-midi, sous le chant des cigales, trois soldats allemands sont venus chez les voisins. Ils en sont ressortis un moment plus tard, en riant fort. Ils étaient venus chercher des œufs et du vin. Brigitte, une amie de classe, m'a dit que deux enfants avaient été emmenés par les gendarmes français dans un camp près de Lyon. »

De retour dans la maison de grand-mère, je me suis installée dans le bureau, pressée de découvrir ce que contenait l'autre cahier. Alors j'ai empilé frénétiquement les livres les uns sur les autres dans les cartons. En fin de journée, nous sommes rentrés chez nous, à Saint-Géry, notre voiture et la remorque pleines du passé chargé de la vie de grand-mère, de ce qu'il en restait. J'avais pendant des heures manié et trouvé de la place aux six mille trésors qu'elle avait lus, l'esprit fixé sur les carnets et sur ce qu'ils renfermaient de cette existence d'avant. Dans le deuxième cahier d'écolier étaient couchées des phrases au sens parfois énigmatique. « Papa est parti avec eux jusqu'à l'école du village voisin, pour une conférence. » « Avec maman, nous sommes allées sur la route de la forêt, juste après le lavoir, cueillir des châtaignes. » Suivait, au milieu d'une autre page, une ligne, sans doute tirée d'un poème : « *Je ferai de ces mots notre trésor unique*. »

Après le repas du soir, abandonnant les cahiers, je me suis enfin plongée dans la lecture des petits carnets. Par curiosité, j'ai ouvert celui dont la date, indiquée sur la couverture, était la plus récente ; le dernier, en fait. Dans la marge, face à diverses phrases, il y avait mon prénom inscrit. « Irène m'a dit les mots de l'enfance heureuse. Je les préfère à ceux que je notais, au temps de l'inquiétude. » Toute la nuit, j'ai lu et parfois relu certaines pages, refaisant le chemin qu'avaient emprunté les mots qui les tapissaient. J'ai compris, qu'au refuge de la Peupleraie, grand-mère, comme des dizaines d'autres, avait eu la vie sauve par miracle. À la Libération, elle est revenue avec ses parents dans la région de Cahors, reprenant bien plus tard cette habitude de noter le soir venu ce qui lui paraissait important de sa journée. Le dernier carnet concernait principalement nos échanges téléphoniques. J'ai compris, en les lisant, ces fameuses phrases qu'elle me faisait répéter, simplement pour avoir le temps de les écrire. Des moments de ma vie que je lui racontais, des événements qu'elle rédigeait sans que je le sache : mon propre journal intime. Comme un cadeau, peut-être, au milieu des milliers de livres. Cadeau qu'elle pensait m'offrir, et dont l'une de ses dernières notes de bas de page mentionnait : « Irène m'a dit que, demain, il ferait brumeux en fin de journée. »

C'est le lendemain qu'elle est morte, un jour de brume qui est tombé aussi sur ma vie. Ma grand-mère n'est heureusement plus là pour noter le fil de mes journées. Qu'est-ce qu'elle en retiendrait, d'ailleurs ? Quand elle est partie, j'avais l'âge du petit qui cherche son père. Pourvu qu'il le harponne avant qu'il ne touche le fond, parce qu'on s'use vite, dans la rue. On passe son existence à courir derrière je ne sais quoi, une maison restée vide et que le souvenir n'arrive pas à remplir. Et je me suis retrouvée à traîner cette poussette où dort mon passé. Dans la rue, le brouillard englobe tout, nous fait vivre en éternelle apesanteur.

Un jour, un homme s'est penché sur ma sébile et a déposé un billet, j'ai levé la tête et je suis certaine d'avoir reconnu mon mari, qui a passé son chemin, sans me remarquer. Mes jambes et ma voix sont restées tétanisées. Pourtant, je ne bois pas.

mes amis, au secours !

Quand j'ai ouvert les yeux, vers trois heures du matin, le ciel était constellé d'étoiles, l'air vif. La veille, j'avais évité, comme me l'avait conseillé Irène, de me mêler au groupe rassemblé autour de la voiture de la Croix-Rouge, surveillant de loin la soupe du soir. J'ai seulement échangé avec le dénommé Carlos, qui m'a trouvé assis sur un banc. Mais je ne suis pas allé plus loin. De toute façon, il n'y avait pas trace de mon père aux abords. Évidemment déçu, je suis revenu vers le parc où j'avais passé la première nuit. Devant le lycée hôtelier, il n'y avait qu'un seul élève appuyé contre la grille, en train de fumer. Il m'a salué quand j'ai porté un regard vers lui. Dans le mouvement, je lui ai posé une question sur sa tenue vestimentaire, le costume, la cravate, les chaussures cirées.

– C'est le règlement, m'a-t-il dit. Pour les cuisiniers, les serveurs, les garçons ou les filles de salle. Tout le monde doit se présenter dans cette tenue le matin.

Comme je l'interrogeais sur ce qu'il faisait là, seul, une cigarette à la main, il m'a expliqué qu'il n'était pas de service, et que, même s'il était interne, il n'avait pas le droit de fumer dans l'enceinte du lycée. Quand il a commencé à me poser des questions sur ma présence dans le quartier, je n'ai pas essayé de tourner autour du pot et sans réfléchir je lui ai raconté la fugue, mon père, la recherche.

– Tu n'as rien mangé ?

J'ai fait non de la tête.

– Alors je peux t'apporter quelque chose, attends-moi ici.

Il a écrasé sa cigarette avant de franchir la grille. Je l'ai regardé pénétrer dans ce qui ressemblait à un petit château. Je ne savais pas si je devais l'attendre, ou continuer mon chemin. J'ai choisi de patienter. À son retour, il m'a tendu une boîte en plastique, s'excusant presque :

– C'est du rôti froid, avec du pain frais. Je t'ai mis aussi du riz au lait.

Je ne trouvais pas les mots pour le remercier. Il m'a donné son numéro de téléphone pour que je puisse l'appeler en cas de coup dur. Ce n'était pas dans mes habitudes, mais j'étais ému aux larmes. Avec mon festin en prévision, je me suis installé à la même place, dans le parc, entre deux buissons, à l'abri des regards et du vent. D'avoir échangé avec Loïc, c'était le prénom de l'élève, j'avais retrouvé un peu le moral et le courage d'appeler ma mère. Elle a dû bondir dès la première sonnerie, car elle était là, haletante, à l'autre bout des ondes. À la question, « Où es-tu ? », j'ai répondu Grenoble. À la question, « Que fais-tu ? », j'ai répondu Marie-Sabine, un prénom sorti de nulle part. C'est ensuite que les choses se sont compliquées, car elle voulait une adresse, et le numéro de téléphone des parents de cette fille qui me faisait tourner la tête. J'ai prétexté qu'ils étaient partis en vacances, et qu'ils avaient laissé à Marie-Sabine l'appartement pour deux jours.

– Tu reviens demain, alors ?

Sans lui répondre, je lui ai demandé si elle avait des nouvelles de papa. Devant son silence, j'ai compris que la question fâchait. Je me suis excusé longuement sur le fait d'avoir organisé cette fugue sans la prévenir. Elle a essayé de me retenir le plus longtemps possible, avant que je ne raccroche, puisque Marie-Sabine m'attendait. Bêtement, j'ai pensé qu'elle m'abandonnerait dans les bras de mon amoureuse fantôme. Mais le téléphone a sonné de nouveau. Ma mère insistait pour venir me rejoindre, même au cœur de la nuit. Je l'ai rassurée comme j'ai pu, elle a fini par lâcher prise en me menaçant de m'appeler toutes les heures s'il le fallait.

Ce matin, avant de tenir ma promesse de retour, j'ai prévu de me rendre à une adresse dont m'a parlé le fameux Carlos. Il fait partie du groupe des indigents de la place Saint-Bruno, et il m'a dit : « Va à

Jarrie, il y a un centre de l'abbé Pierre. » D'après lui, ils ont un atelier de menuiserie et de restauration de meubles, ce qui aurait pu y conduire mon père. En me levant, j'ai mangé la portion de riz au lait offerte par Loïc, un bout de pain qui restait, avant d'aller faire un peu de toilette au point d'eau. Je ne voulais pas avoir l'air d'un misérable à mon tour. Puis, près du parc, en passant devant une boulangerie, je me suis offert un croissant encore chaud, avant de prendre la direction du bourg situé à une quinzaine de kilomètres. J'étais oppressé à l'idée que peut-être j'allais réussir dans mon entreprise : arracher mon père à la solitude, aux cages d'escalier et aux trottoirs. Parfois, je me disais que je m'étais lancé dans l'aventure tête baissée, simplement sur la foi d'un seul témoignage. Car rien ne prouvait que ce qu'avait dit le voisin était vrai. Mais, au bout du compte, je préférais m'accrocher à cette idée qui avait du sens, plus rassurante qu'une disparition.

Je me suis installé sur le cours, pour tendre le bras, pouce levé. Il m'arrivait au village de faire du stop pour me rendre dans un hameau voisin. Mais, à la campagne, les gens se connaissent. De toute façon, je n'avais pas le choix, ni l'envie de me taper quinze kilomètres à pied. Au bout du compte, je n'ai pas trop attendu, car une voiture s'est arrêtée. Un couple qui se rendait à Vizille. Je me suis installé à l'arrière, mon sac à dos calé sur les genoux. J'étais heureux d'embarquer pour ce court voyage, sur une nouvelle piste. Carlos m'avait expliqué où trouver ce refuge, juste derrière une usine de produits chimiques. Le couple m'a déposé avant une passerelle qu'ils ont empruntée en repartant. Ils m'ont souhaité bonne chance, même si je ne leur avais pas précisé le but de ma visite. En demandant ici et là, à des passants, je suis arrivé devant un hangar entouré d'un haut grillage. Dans la cour, une multitude d'objets attendaient preneurs, ou prenaient le chemin de la décharge, je ne savais pas. Un panneau indiquait : « Le magasin de vente est ouvert de 9 heures à 17 heures, sans interruption ». J'y suis entré comme si j'étais un acheteur ordinaire, fasciné par les centaines d'articles déposés au sol ou sur des étagères.

– Tu chines quoi ? Quel genre ? a dit une voix dans mon dos.

– Genre, mon père, j'ai répondu.

– Tu crois le trouver là ? a repris la voix.

– C'est pour ça que je suis venu.

Je me suis retourné vers un homme que j'avais aperçu en entrant, occupé à disposer et à étiqueter les brocantes mises en vente.

– Ton père, c'est qui ?

J'ai montré la photo.

– Moi, ça me dit rien, et on n'est pas nombreux ici, on se connaît, c'est une petite communauté.

Puis il m'a montré un portrait accroché au-dessus de ce qui devait servir de bureau et de caisse. Il m'a dit que c'est grâce à cet homme qu'ils étaient là, et qu'il en avait sorti beaucoup du ruisseau, des gens comme lui et ses camarades du refuge. Devant mon embarras, il a continué :

– Un soir, je n'étais même pas né, en 1954, je crois, l'abbé Pierre a supplié à la radio : « *Mes amis, au secours !* » Parce qu'une femme était morte de froid dans la rue en plein hiver.

Il me parlait, mais je n'entendais plus. Soudain, c'est moi qui avais envie de crier au secours. Mon père n'était pas là. Pas là. Juste ces deux mots qui venaient jeter un voile sur le soleil d'avril. Deux mots encore : mais où ?

J'avais une envie de mettre un coup de pied dans toutes ces vieilleries qui semblaient me narguer. Que faire à présent ? Mais la voix de l'homme a repris le dessus, m'expliquant que l'espoir résidait toujours dans le lendemain. C'est ce qui l'avait fait tenir pendant ses années de rue, avant de se retrouver là, à l'abri, respecté, avec l'impression d'être encore utile. Lui n'avait pas connu son père et il serait bien en peine de le chercher.

– Au fait, on m'appelle « La Bécane ».

Devant mes yeux interrogateurs, il m'a raconté que ses collègues du refuge l'avaient surnommé ainsi, parce qu'il ne se déplaçait qu'à vélo.

– On va aller à l'atelier pour discuter avec Noël, le chef d'équipe, peut-être qu'il sait quelque chose.

Dans l'atelier, les machines tournaient à plein régime. Scies à ruban, dégauchisseuses, raboteuses. Avec l'odeur du bois, je retrouvais des odeurs familières. Nous voyant arriver, un gars a agité les bras, et peu à peu le silence est venu.

– Pause-café pour tout le monde, a crié Noël, avant de se diriger vers nous et de me serrer la main.

« La Bécane » lui a expliqué ce qui m'avait conduit là. Le menuisier s'est gratté la tête, faisant tomber sur ses épaules quelques copeaux accrochés à son imposante chevelure. Visiblement, ce n'était pas un grand bavard. Après une dernière moue, il m'a fait signe de le suivre. Il a composé des numéros sur un téléphone couvert de poussière. J'étais suspendu à ce qu'il allait dire, car j'ignorais qui il appelait. Mais, à sa question, j'ai compris qu'il appelait un autre lieu pour savoir si mon père pouvait s'y trouver. Après le second coup de fil, j'ai senti que mes efforts et mon espoir avaient été vains. Qu'il ne me restait plus qu'à retourner à Grenoble, et peut-être, comme je l'avais promis à maman, à reprendre le chemin de la maison. En ville, je pourrais encore explorer d'autres quartiers, si le courage revenait. Attendre devant la devanture d'une boulangerie, l'entrée d'une banque, et y découvrir mon père, assis, là, la main tendue vers les passants.

– Je vais te ramener à la gare routière, tu pourras rentrer chez toi. C'est mieux pour tout le monde. Ta mère doit s'inquiéter aussi.

Encore abattu par mon échec, j'ai répondu à Noël qu'il avait raison, et, après avoir dit au revoir à « La Bécane », je l'ai suivi. Nous avons pris place dans une camionnette dont la portière était ornée d'une photo représentant l'abbé Pierre. Le menuisier était un taiseux comme on dit chez nous et c'est à peine si nous avons échangé trois phrases pendant le trajet. Comme prévu, il m'a déposé devant la gare de Grenoble, mais, à peine avait-il tourné à l'angle de la rue Félix-Viallet, que je suis monté dans le tramway. Je voulais repasser devant l'école hôtelière, peut-être appeler Loïc pour le remercier encore de son geste de la veille. J'ai guetté un moment la grille d'entrée pour voir si par hasard quelqu'un apparaissait. Il était près de midi, ce ne devait pas être le moment de la pause. Après avoir tripoté mon téléphone un instant, je l'ai remis dans ma poche. Puis, j'ai passé mon chemin, en remontant le cours Jean-Jaurès une fois de plus. Comble de malchance, le temps avait changé et il s'est mis à pleuvoir. Je me suis protégé au sec dans un abribus, en attendant que cela se calme. Elle était là, l'humidité, que craignaient les clochards. Cette poisse qui, mêlée à la sueur, devenait mauvaise odeur. Comment séduire une vraie Marie-Sabine, avec ce parfum-là ?

Carlos

C'est comme tout, il faut chercher loin. Moi j'étais comme le gamin, oui, celui qui s'appelle Théo. Un peu perdu, mais pour d'autres raisons. Une sale histoire de famille. Quand ça s'est mis à sentir le roussi, je me suis inscrit à un chantier de jeunesse parce que j'avais besoin, pour oublier, de me dépenser, de me forger les mains avec des cloques et des crevasses. En soulevant des pierres, des sacs de ciment, des madriers sur l'épaule, de peur qu'en restant chez mes parents je ne m'attire d'autres ennuis. Pour la dernière connerie, ce n'est pas que je regrettais le geste et l'issue, mais je craignais de faire mouche si l'occasion se présentait de nouveau. Un peu sur le fil du rasoir, j'ai sauté sur cette façon de me mettre au vert pour me calmer les nerfs. Et tout ça pour une histoire qui n'aurait jamais dû exister, des mots que je n'aurais pas dû entendre si je n'avais pas accepté d'accompagner mon grand-père et son ami Gaston pour leur rendre service, comme un gros balourd que je suis. Les paquets qu'ils devaient transporter étaient trop lourds pour leurs vieux dos, ou leurs vieux os, c'est pareil. Alors quand grand-père m'a dit : « Tiens, toi avec tes muscles, Carlos, tu peux nous accompagner ? » J'ai dit oui, évidemment.

Je savais qu'ils se connaissaient depuis longtemps, qu'ils étaient allés à l'école du même village, au boulot dans une usine de la vallée de la Maurienne, et pendant le service militaire, du temps où les garçons de vingt ans partaient comme eux, pendant de longs mois sous les drapeaux, ou à la guerre, quand ça tombait mal. Pour grand-père et son ami, ça tombait vraiment mal, ce départ en Algérie, l'année 1959. Mais je te raconterai la suite tout à l'heure, comment ça a tourné avec ces deux-là.

Pour m'éloigner d'eux et larguer mes embrouilles, j'avais trouvé l'idée bonne d'aller oublier tout ça en cognant tant que je pourrais sur de la caillasse. J'avais pris le train seul jusqu'à la gare d'Annecy, où des membres du groupe devaient se retrouver avant d'être transportés jusqu'au pied du plateau des Glières. J'ai repéré les candidats au chantier rien qu'à leur accoutrement. Deux gars aux cheveux filasse planqués sous un bonnet, deux filles en jeans un peu déchirés au-dessus des genoux et sur l'arrière de la cuisse. Nous avons compris en nous observant que nous partions pour la même destination, le chalet de la Repose, qui, pour le coup, portait un drôle de nom. Raymond, le responsable des travaux, était à l'heure et nous a embarqués dans le fourgon, direction la route de Thorens, d'abord, puis sur un chemin parsemé d'ornières.

Pendant le trajet, il nous a expliqué les rudiments de discipline qu'il fallait respecter pour bien vivre en collectivité. Il a dit ça en se tournant vers un des gars assis à côté de lui ; et qu'il fallait éviter le chanvre et ce genre de connerie, parce qu'il n'avait pas envie de se retrouver avec les gendarmes sur le dos. Raymond a ajouté que, au cours du dernier séjour, l'affaire avait mal tourné pour un stagiaire, qui s'était retrouvé les menottes aux poignets et reconduit illico dans son foyer, appuyant sa phrase d'un bon coup d'œil, histoire de dire qu'il n'était pas né de la dernière pluie. Moi, les gendarmes, je préférais les éviter, car, depuis l'histoire avec mon grand-père, on peut dire que ça sentait pas trop bon pour moi.

Au fur et à mesure qu'on avançait, la vallée semblait se refermer. Puis sont apparues des prairies en pente où paissaient « des troupeaux de vaches de la race Abondance », a précisé Raymond, tout en nous montrant sur notre droite un chalet d'alpage. Il avait souvent le sourire aux lèvres derrière son épaisse barbe jaunie par le tabac. Ses yeux vifs se promenaient sur nous avec bonhomie.

– Le torrent, juste en dessous, ce sera votre salle de bains. Pour l'eau chaude, je vous expliquerai plus tard.

Nous avons bondi hors de la camionnette, heureux de pouvoir enfin nous dégourdir les jambes, après cette montée tout en secousses. Le chalet était là, avec sa toiture en travaux, coincé entre une grange et une autre étable. Quelques stagiaires, occupés sur le chantier extérieur, nous ont salués de la main avant que Raymond ne fasse les présentations. J'ai compris, au repas du soir, que nous étions huit, venus là pour nous refaire la cerise ou simplement pour rendre service. Pour moi, il s'agissait plutôt de santé morale. Même si ce que j'ai appris le jour où j'ai accompagné grand-père et Gaston ne risquait pas de s'effacer de sitôt. Depuis que j'ai surpris leur conversation, c'est ancré dans mon crâne pour la vie, j'en suis sûr. Je les entends encore rigoler en se donnant le beau rôle, comme s'il s'agissait d'évoquer un jeu de cour de récréation. C'est ce qui m'avait d'abord cloué sur place, et fait ouvrir les deux oreilles pour comprendre vraiment de quoi ils parlaient en ricanant. Il n'y avait aucun doute sur leur bassesse passée, qu'il transformait sous mes yeux en blague de gamins. Des gamins de quatre-vingts piges qui, sans se soucier de ma présence, dévidaient une haine pourtant vieille de soixante ans, mais si vivace dans leurs propos. À aucun moment ils ne se sont tournés vers moi pour me prendre à partie, pour m'expliquer. De toute façon, il n'y avait rien à expliquer.

Je les ai laissés dire, j'ai même poussé l'abnégation jusqu'à les aider à transporter leur camelote. Ils ont dit « merci », et grand-père m'a glissé un billet, que j'ai refusé de prendre. Il est resté devant moi, le bras tendu, quand j'ai tourné les talons, revenant à pied jusqu'à la maison, me passant sous la douche, comme pour me laver de ce que je venais d'entendre, sali d'avoir été le témoin d'un tel déballage. Heureusement qu'à l'instant de les quitter je n'avais pas de lance-flammes sous la main, parce que j'aurais appuyé sur la gâchette sans hésiter, avant de les saluer. D'ailleurs, grand-père en possède un qu'il utilise pour désherber le long du trottoir, un engin qui fonctionne au gaz. Raymond m'a rappelé à l'ordre en nous désignant les chambres que nous allions occuper. Les filles au premier étage, les garçons au second. Mes deux compagnons à la chevelure de chanvre se sont engouffrés ensemble dans l'une, et j'ai hérité de la voisine, qui donnait sur le plateau des Glières. Elle était vide, pour l'instant, et cela m'a rassuré de passer au moins une nuit seul. J'avais besoin de faire le point avec ce qui s'était passé, avec les souvenirs. Je ne sais pas trop comment cela fonctionne, l'oubli. Dans ma tête, et dans celle de grand-père, capable de garder en lui sans émotion un arrière-goût de mort, de détresse et de cruauté. Des choses faites un jour dans des conditions particulières, et qui, longtemps après, ne donnent lieu ni au regret ni au tiraillement. Cela le faisait même rire, avec son compagnon d'arme, comme s'il était encore en action, fusil-mitrailleur à la ceinture, pendant que les autres types de la section enflammaient les cabanes où s'étaient réfugiés les enfants, les femmes. Les vieillards qui étaient venus parlementer avec ces gamins de vingt ans se sont fait marcher dessus, abattus d'une rafale qui les a pliés en deux. Grand-père et son ami parlaient de cela dans la voiture qui nous transportait ce jour-là, avec la larme à l'œil d'avoir vu leur jeunesse envolée. Mais rien pour ceux qu'ils avaient massacrés lors de cette journée de 1959.

C'est pendant la nuit qui a suivi que m'est venue l'idée du bidon d'essence. Grand-père en gardait toujours un ou deux dans son garage, pour la tondeuse à gazon. J'ai saisi le premier qui m'est tombé sous la main et je me suis dirigé vers la maison de Gaston. Sans hésiter, j'ai répandu le contenu du jerrycan devant sa porte, avant d'y mettre le feu. J'ai fait la même chose chez grand-père, et je me suis posté dans la cour pour voir comment les choses allaient se passer. Leurs deux maisons se trouvaient côte à côte. Comme eux, le jour de la rafle dans le village des montagnes. L'un près de l'autre et déversant la mort au lance-flammes sur des gens qui ne possédaient aucune arme ; simplement parce qu'un gradé avait dit qu'il ne fallait pas faire de quartier, et pour montrer que ceux qui ne se soumettaient pas devaient mourir.

Le feu s'est répandu très vite dans la nuit claire de l'hiver. Il devait être minuit. Je guettais, espérant les voir sortir de leur tanière en hurlant comme les gamins et les femmes du douar qu'ils avaient anéantis dans leur opération de nettoyage, pendant la guerre d'Algérie.

Mais ils s'en sont sortis vivants, malgré leurs hurlements, leurs cris de terreur. Moi, je me suis détourné du spectacle pour aller me coucher, la conscience tranquille de n'avoir pas été complice, par mon silence, de deux assassins en uniformes de parachutistes, dans leur lointaine jeunesse guerrière. Quand les gendarmes sont venus m'interroger, le lendemain, j'ai simplement déclaré que je n'avais rien vu, rien entendu, et que, jusqu'à l'arrivée des pompiers, je dormais profondément. De leurs habitations calcinées, grand-père et Gaston ont eu le temps de s'échapper, avant de retrouver le lendemain un toit dans une maison de retraite. Toujours ensemble, à la vie à la mort. Ils peuvent encore se raconter en souriant comment le 25 juin 1959, à l'aube, ils ont pacifié le douar de Boumnijel, laissant sur le terrain un goût âcre d'essence qui flottait dans l'air, et sur les corps des suppliciés. J'ai de la mémoire, parce que, cette histoire, je peux vous la raconter cinquante fois, à la virgule près. Ce qui a foiré, c'est après, quand j'ai retrouvé la vallée, les bords du canal à Annecy, à faire la manche près de l'embarcadère ou devant l'église. Mais ça, vous le savez, depuis le temps que vous me croisez. Le gamin, il a du cran, et je crois qu'à ma place il aurait fait pareil, c'est une question d'honneur. Je suis tombé trop bas quand même, il me manquait le parachute. Je lui souhaite de retrouver son père, je lui ai parlé du refuge, on verra. On passe du temps à éparpiller notre vie, à empêcher que les petits bouts puissent se recoller un jour. Lui n'aura pas de regrets, au moins.

le Galérien

« Il n'y a pas d'avenir pour les faibles. » Je me répétais cette phrase prononcée hier par un SDF irlandais, devant la maraude. « Il n'y a pas d'avenir pour les faibles. » Je pensais à mon père. La rue exige de savoir hausser la voix pour écarter les gêneurs, et surtout d'avoir des poings pour repousser ceux qui veulent prendre votre place ou vous délester du peu que vous avez. Comment mon père pouvait-il devenir violent, au point de frapper d'autres hommes ? Il avait levé la main sur moi, une seule fois, une seule, et je lui pardonne. Ce jour-là, sa tête était pleine de rancœur, de colère. Comment pouvait-il rester calme et mesuré ? Ma seule envie du moment est de le retrouver.

Lorsque la pluie a cessé, j'ai descendu l'avenue Joseph-Vallier avec l'idée d'aller vers le parc Paul-Mistral. Il était assez vaste pour accueillir une colonie de SDF attirés, dans ce secteur, par la présence de la grande Poste et d'une nuée de commerces. Je connaissais peu ce quartier de Grenoble, car nous n'y passions que rarement. Pendant deux heures, j'ai quadrillé les rues qui conduisaient vers la place Victor-Hugo, allant et venant, d'un trottoir à l'autre. Un peu fatigué, je me suis posé sur un banc pour me reposer et me demander si c'était la peine de continuer mes recherches. J'avais les chaussures trempées, un peu froid au bout des doigts, aussi. Ma mère devait s'impatienter. J'ai tapé sur mon écran de téléphone un message bref : « *Encore quelques heures maman merci*. » Pour rendre mes propos crédibles, je me suis persuadé de la beauté de cette fille capable de m'éloigner plusieurs jours de chez moi. J'entendais les mots de ma mère me répétant qu'elle devait avoir de sacrés beaux yeux pour me faire faire de telles conneries. Ce n'est pas ce qu'elle disait, mais moi, je le pensais. Alors que je rêvassais, un gars d'une vingtaine d'années est venu me taper d'une pièce. J'ai d'abord fait la sourde oreille, mais il s'est assis près de moi pour me demander si je faisais la manche. J'ai dit non, que j'étais juste de passage, et que j'avais les pieds mouillés.

– T'as rien vu, a-t-il repris. Si tu savais l'hiver, comme on se les gèle.

Il vivait dans la rue depuis deux ans déjà, malgré son âge, et disait s'appeler Tony.

– Mon père était un type gentil, mais quand il a été licencié, il s'est mis à boire. Trop, et ma mère était trop bonne avec moi. J'en ai profité pour faire des conneries, sécher l'école.

Il était intarissable, et je ne pouvais que l'écouter sans intervenir. En peu de temps, j'ai appris son surnom, « Le Galérien », découvert presque la moitié de sa vie, son placement à la DDASS, ses fugues répétées, les bagarres avec les copains de l'internat. Les brimades que les plus grands faisaient subir aux petits. Les excès de tabac, de bière achetée en cachette. Mais aussi les parties de rigolade, les vraies amitiés.

– Et un jour, j'ai taillé la route, juste avant ma majorité, personne n'est venu me chercher. Comme dans les manèges, je me suis dit : roulez jeunesse !

« Le Galérien » est resté un long moment avec moi, il parlait sans arrêt. Il jurait contre les gens qui le traitaient de fainéant, lui disant qu'à son âge il ferait mieux d'aller travailler. Il m'a redit les bordées d'injures encore plus violentes qu'il a endurées, les coups qu'il se retenait de donner.

– Par contre, a-t-il affirmé plusieurs fois, je touche pas une goutte d'alcool, autrement c'est le ticket pour le fond !

L'après-midi était bien engagé, mon portable sonnait sans arrêt. Ma mère voulait m'entendre et j'ai fini par céder. Encore une fois, je lui ai promis un retour proche, en lui disant que je ne voulais pas passer à côté d'une belle histoire d'amour. C'est là qu'elle a sorti une arme secrète de sa poche. Elle m'invitait à venir lui présenter cette beauté qui faisait tourner la tête à son fils. J'ai dit :

– Oui, demain si tu veux.

Cela me permettait de la tenir à distance, de gagner du temps, et d'être tranquille jusqu'au lendemain.

Une fois le coup de fil terminé, « Le Galérien » m'a demandé ce que je faisais réellement, assis dans cette rue, ce périmètre qu'il arpentait tous les jours. Je lui ai presque tout raconté. Les raisons de ma fugue, mes échecs, mon incertitude. Il connaissait pas mal de squats, des lieux d'accueil possibles, des chambres d'hôtel bon marché. Il m'a lancé sur cette piste des hôtels bas de gamme.

– Tant que tu bois pas trop, ça va, on t'accepte. Et si ton père a l'air encore nickel, c'est là qu'il faut chercher.

– Tu peux me montrer le chemin ?

– Mieux, je peux te faire la visite, il y en a trois à voir. On va commencer par celui de la rue Damory.

J'ai enfilé mes chaussures et, en silence, je l'ai suivi. Il n'arrêtait pas de dire bonjour à des gens, de saluer les commerçants, et même deux policiers en tenue que nous avons croisés. Quand nous sommes arrivés devant l'enseigne de l'hôtel Mollat, il a poussé la lourde porte de verre et s'est engouffré dans un couloir sombre, où un vieux bout de moquette faisait office de tapis rouge. L'entrée n'était pas princière, mais propre. Une forte odeur d'eau de Javel m'a pris à la gorge. Assis derrière son guichet, le gardien nous a regardés nous avancer vers lui. Il avait l'air de s'ennuyer à mourir, et j'ai eu l'impression qu'il accueillait notre venue comme une distraction. Toujours en suivant les pas du « Galérien », je l'ai laissé intervenir.

– On cherche quelqu'un. Son père, en fait, et on voudrait savoir s'il était là.

L'homme s'est levé péniblement et m'a dévisagé sans expression particulière.

– Et qu'est-ce que tu lui veux, à ton père ?

La question n'avait pas de sens, mais j'ai tout de même répondu qu'il avait quitté la maison depuis quelque temps, et que j'aurais bien aimé le revoir.

– Et il ressemble à quoi, ton père ?

Je ne savais pas si je devais sortir la photo ou lui dire son nom.

– Du monde, il en passe ici ! Et je fais pas remplir de fiches, tu sais. À quoi il ressemble ?

J'ai ouvert mon portefeuille, le gardien s'est penché dessus en clignant des yeux, prenant des airs de détective. Il a fini par dire qu'il ne l'avait jamais vu alors qu'il se targuait d'être physionomiste, car il faut l'être dans son métier. Il m'a demandé mon prénom. J'ai répondu :

– Théo.

Il voulait savoir si j'avais un téléphone, au cas où, mais « Le Galérien » est intervenu en disant qu'il fallait l'appeler, lui, que c'était plus commode. Dans le même temps, il m'a fait un clin d'œil qui se voulait complice.

– J'en ai vu quelques-uns qui sont passés par ici, à leurs débuts, et qui ont fini devant la gare ou à Bizanet. Faut t'accrocher, fiston, tu vas y arriver, je te le souhaite.

Il avait l'air sincère. Nous nous sommes retrouvés dans la rue, Tony et moi. Je l'ai remercié, car je voulais en rester là, de peur de subir d'autres déceptions. Mais il s'est accroché à moi. D'après lui, il ne fallait pas que mon père, à force de traîner, arrive à ce moment précis, le moment où tout s'écroule. Quand il ne reste même pas la force de se relever.

– Promis, Théo, on tente encore l'hôtel Royal, après je te lâche la grappe. Là-bas, c'est un peu des négriers, à ce qu'on dit. La rue, pour eux, c'est tout bénef. Le gérant est un tordu, mais on l'aura au sentiment.

Un peu sonné par le manque de sommeil, la faim et les heures de marche dans la ville, j'ai accepté son offre. Il paraissait heureux de se rendre utile. Comme je lui faisais remarquer qu'à cause de moi il perdait son temps et l'argent de la manche, il a balayé mes craintes en me répliquant qu'il ne fallait pas s'inquiéter pour lui. Je n'ai pas compris ce qu'il voulait dire, et je l'ai suivi sans sourciller jusqu'à l'hôtel miteux qu'il m'avait décrit. L'enseigne lumineuse clignotait déjà, alors que la nuit était loin de tomber.

– C'est le miroir aux alouettes, ça fait plus chic, tu comprends ?

Comme la fois d'avant, il m'a précédé, s'est avancé vers la réception, où somnolait un type au visage fatigué et à la barbe de trois jours.

– On cherche une chambre pour ce soir. Avec deux lits.

L'hôtelier m'a regardé, commençant par me demander si j'étais à la rue, mais « Le Galérien » a coupé net son début de question :

– Il y a une chambre libre, oui ou non ?

Pendant qu'il compulsait son registre, j'ai sorti la photo du portefeuille, prêt à la glisser sous son nez.

– Pas de bol, les gars, j'ai une flopée d'Africains ce soir, et même en les mettant quatre par chambre, ça fait pas le compte.

C'est l'instant que j'ai choisi pour tendre la photo de mon père en lui demandant s'il l'avait aperçu un jour.

– C'est qui ça ?

– Mon père.

– Et alors ?

– Vous l'avez hébergé ici ?

– Un Blanc ? C'est pas courant chez moi. Non, désolé, je vois pas.

Désolé. Ce mot, peut-être prononcé avec sincérité, m'a plongé dans ma propre désolation. Il était temps de laisser « Le Galérien » à ses affaires, et de retrouver les miennes, seul. De faire le point. Quand je l'ai remercié pour tout ce qu'il avait fait, il a insisté pour que nous tentions notre chance à la Pension Vanel, près de la Bastille. J'ai dit que j'en avais marre, et qu'il en avait suffisamment fait pour moi. À regret, il m'a laissé repartir en me donnant son numéro de téléphone.

– Tu appelles à n'importe quelle heure. Et pas de blague, hein. La rue, c'est pas pour toi.

J'ai failli lui répondre qu'elle n'était faite pour personne. J'ai repris la direction du parc. Je me suis acheté une boîte de pâté et du pain dans une supérette. En marchant, je regardais le ciel en espérant que la pluie ne viendrait pas gâcher la nuit. Dans le sac à dos, à l'intérieur de sa pochette en plastique, mon duvet était au sec. Inévitablement, je suis passé devant l'école hôtelière, des élèves fumaient leur cigarette. J'ai tenté d'apercevoir Loïc, mais il ne faisait pas partie du groupe. Je pouvais l'appeler, mais j'ai préféré continuer ma route. J'avais l'impression d'avoir fait le tour de la ville, en vain. À quoi bon continuer le lendemain ? Pour ne pas me faire repérer, j'ai décidé de ne pas m'installer à la même place. J'ai mangé mon sandwich en appréciant chaque bouchée, avant la tombée de la nuit. Quand elle est arrivée, j'avais l'impression que c'était moi qui jouais le rôle de Tony. Soudain, jugeant qu'il était encore tôt, j'ai fourré mes affaires dans mon sac et pris la direction de la place Saint-Bruno pour choper la maraude.

l'Irish

La nature me manque, j'étais pêcheur, j'étais marcheur, jamais bien doué de mes mains, à part remplir des verres. Je les ai longtemps remplis pour les autres quand j'étais barman, puis j'ai commencé à les boire. Et ça se voit vite, dans ce métier, un type qui écluse le fonds de commerce. Les poissons, les renards et les étoiles, voilà ce qui me manque, et ça fait belle lurette que j'en ai pas vu une tracer le ciel. Pas doué de mes mains ? C'est pas vrai. Le dimanche, je m'essayais à la peinture, parce que chez nous j'ai fréquenté l'école, parcouru des dictionnaires. Mes yeux s'arrêtaient uniquement sur les cartes des pays au nom chantant. Mozambique, Mandchourie, Guatemala. Un matin gris de septembre, j'ai pris un bateau à Rosslare, direction la France. Arrivé à Roscoff, je m'y suis plu assez de temps pour que l'amour m'emporte la moitié du cœur. *Dear me* ! Comme un coup de fusil bien ajusté. J'ai dansé le Hornpipe, le Set Dancing, j'avais emporté mon violon et j'ai fait la fête la nuit et le jour, quittant peu à peu le Finistère, qui ressemblait trop à Wexford et à mon Irlande natale. Les villes ont défilé. Lorient, Nantes, Limoges. Je dormais où je pouvais. La gare de Limoges a un nom de cathédrale ou de monastère. À ma manière, je suis rentré dans les ordres, le désordre, plutôt, non ? *Silly Billy* ! Un vrai benêt. J'arrivais du pays des Vikings, mais je trouvais les temps durs. Les nuits, au hasard dans une laverie ou un recoin de parc public, et la pluie, avec ça, autant que dans le comté. Là-bas, des nuages d'eau, ici porteurs de chagrin. Les nuages passent et le chagrin reste.

À un moment, tu ne voyages plus, tu t'inventes des déserts, des landes, des fleuves. Devant un paysage, c'est comme si tu recevais une lettre où tu peux relire le passé, les bons et les mauvais moments. J'ai dit au *Kid* qui est venu frapper chez nous en cherchant son père : « Si tu as peur du noir, faut pas pousser la porte. » Il veut le retrouver, mais quand ça boitille trop longtemps, on ne va nulle part. Ici, à la gare, à Bizanet, et partout, on a tous vieilli d'un coup, en entrant dans le bel âge. Après, c'est *it's off*, que du moche. Comment tu peux empêcher un fils de vouloir remettre la main sur son père ? C'est naturel, dans l'ordre des choses. Moi, je trouve que, sans savoir, il nous rend plus humains. On en a besoin, comme dit Émile, d'écouter le bruit de l'eau, de voir danser les branches, de se retourner sur le rire d'un enfant. Je ne sais pas si les maraudeurs connaissent Rimbaud : « *Ah ça ! l'horloge de la vie s'est arrêtée tout à l'heure. Je ne suis plus au monde.* » On est tous hors du monde, c'est un peu notre poème, et avec mon violon je sais aussi faire danser les mots. Quand je me lance dans une gigue, les gens se retournent vers nous autres, regardent les doigts du type ratatiné se promener sur les cordes. La musique, ça les touche toujours. Dans leur vie, il y a encore un futur, de l'amour, un toit et de la lumière sur la table de nuit.

Si un jour quelqu'un demande au *Kid* ce qu'il a fait de son enfance, il pourra toujours répondre qu'il l'a retrouvée dans les yeux de son père, sur un trottoir, un quai de gare. Le destin ou la malchance nous ont rogné les ailes, on a perdu le nord. « L'Irish » est abîmé, dedans, dehors, impossible de prendre le bateau du retour. Mal de mer, mal de mémoire, tu ne peux plus voyager à l'envers. Et à force d'avoir la tête dans le mauvais sens, tu tangues, tu es perdu, ici et là. On n'a jamais fait de vieux os dans la famille. Les hommes, on les a retrouvés un matin dans un ruisseau, le corps gelé, ou contre un arbre dans une voiture en lambeaux. Comment je connais tous ces mots ? *Easy peasy* ! J'ai croisé un jour une princesse, des yeux de lacs du pays, le corps comme une sucrerie, la voix à te faire trembler. Elle m'a pris comme j'étais, avec mes bourlingues et mes valises sur le visage. Elle savait les mots, les caresses, et faire couler le bon temps. Mais la bière et l'amour ne se marient pas bien. Je n'aimais pas faire pleurer les femmes, celle-ci encore moins que les autres. J'ai repris la route, mais elle m'a laissé le goût de votre langue. Un peu de la sienne, aussi. C'est comme ça que je me retrouve le corps saccagé, plus bon à grand-chose. Dans la gorge, un je ne sais quoi de regret.

Ici, il y en a qui ont le vin triste ou mauvais, qu'un mot de trop fait sortir de leurs gonds. Des hyènes qui mordent, cognent et s'effondrent, l'arcade ouverte et en sang. Quand arrive un nouveau matin, je me dis : *what's the craic* ? Chez vous, ça veut dire « quoi de neuf ? ». Eh bien rien, on se retrouve alignés devant des porches ou des entrées de magasin. Les hirondelles attendent et se rassemblent sur un fil pour partir vers les pays chauds ; nous, on occupe le trottoir en n'allant même pas au bout de la rue. Mais avec ce qu'on se met dans le gosier, il y a longtemps qu'on ne sait plus voler. On serait plutôt des oiseaux de nuit qui passent leur temps à jacasser, comme vous dites. Pour s'envoler, il faut avoir les idées claires. À l'endroit. C'est toujours pareil. Et quand au bout du vin il reste un peu de lucidité, il faut s'arranger avec la tristesse. À Wexford, j'ai eu un cheval, à une époque. J'étais un cavalier moyen, bien incapable d'aller à l'Irish Derby du mois de juillet. Je me défendais quand même un peu, mais, avec les chevaux, il faut avoir la main ferme, le corps capable d'encaisser les secousses. Le pauvre animal souffrait de me voir me détruire, il n'osait même plus poser un pied devant l'autre. Je l'ai offert à un ami d'un village voisin, un bon bougre qui possédait un bout de prairie.

C'est curieux au bout du compte, c'est comme si on voulait se faire du mal. Aux autres aussi, à ma princesse aux yeux tendres. C'est pas pour me racheter, mais, certains jours, je vais à l'église en voisin de Dieu. Il paraît qu'il nous a oubliés, ou c'est nous qui avons perdu le bon usage du monde, égaré le mode d'emploi. J'aime Dieu, surtout les jours de pluie, parce que sa maison me protège. L'été, c'est sa fraîcheur que j'aime, l'odeur des siècles et l'humidité. Je reste assis au fond, sur le côté gauche, pour ne pas gêner ceux qui viennent pour Lui. À l'occasion, ils me glissent une pièce, brûlent un cierge pour nos âmes. Je leur jouerais bien un air de violon pour les remercier. En Irlande, je le faisais les jours de mariage. Je me souviens de celui de Paul O'Driscoll, qui avait tellement bu qu'il avait oublié dans quelle maison du village l'attendait sa femme, au milieu de la nuit. C'est vrai qu'on buvait beaucoup chez nous, pour la fête, les enterrements et les jours de match de rugby. C'est la poisse, *bad luck* !

Il y a pourtant des jours où je tiens debout, quand je repousse les bouteilles loin, vers la fin du jour. Mais bon, c'est comme quand, l'été, on sait que l'orage va revenir. On reste sur ses gardes, ça te lâche pas, cette saloperie de soif. Les autres ici, c'est pareil. Des assoiffés. Carlos, Marius et tous les autres. À part « La Sirène », comme je l'appelle. Elle ne parle que de sa grand-mère, un peu de son mari. Elle devrait être princesse dans un autre royaume, au paradis. Si l'enfer est ailleurs, il est surtout ici ! Mais y a personne pour t'expliquer où se trouve la sortie. Vous, c'est pas pareil, vous nous donnez de la chaleur, avec une couverture, un bol de soupe. Vous nous aidez à dormir. J'aimerais bien lui retrouver son père, à ce *Kid* courageux. Il n'imagine pas que ça puisse lui arriver, se retrouver au ras du caniveau. Se mettre à faire « la tape » au premier coin de rue venu, avant d'espérer trouver des endroits privilégiés, de meilleurs quartiers. Apprendre à voir les gens dévier leur regard, faire comme si tu n'existais pas. T'achever une fois de plus en t'ignorant.

Ce gamin s'inquiète pour son père, mais il est en danger maintenant. C'est pas des endroits pour lui. Si je le revois, je lui dirais :

– *Clear off ! Get lost.* Fous le camp, ça sent pas bon ici, rentre chez toi, va voir ta mère.

Et pourtant, comment lui en vouloir ? Une fois là, avec ton gobelet de carton, ta main tendue, la descente est irrémédiable. *Irréparable*. C'est le même mot, chez nous. On ne répare pas un homme à terre. Une fois que tu as perdu ton dernier rêve, la nuit est longue. Au fil des mois, tu sais que c'est ton dernier voyage. Et tu t'enfonces, tu t'enfonces sans t'en apercevoir. Dans cette nuit, y a pas de phare au loin pour te guider. C'est la mer des tempêtes, avec des creux dont tu ne vois plus la fin. Le vent te balaie comme une coque vide. Oui, c'est ça, vide. *Worn out*. Le rivage s'éloigne, et tu rentres dans un drôle de monde, fait de mots durs, de blessures, et quand tu rêves d'amour, les photos perdent leur charme. Tu es d'abord petit, tout petit, tenant la main d'une grande personne, tu as des yeux écarquillés sur la vie qui commence. Un jour, la photo change et devient noire. Le blanc de l'enfance s'éloigne. Une mauvaise brise est passée par là. Tu te retrouves la tête dans le sable avec les mouettes qui te chient dessus. Avant que ce ne soit les hommes.

J'ai surtout peur du jour où je n'aurai plus la force de me relever, de passer de l'état de rien, à moins que rien. S'en aller ailleurs, comme au cimetière des éléphants, nos guenilles à la place de l'ivoire. J'ai trop parlé, je suis désolé, la colère monte, et puis tu ne sais plus comment l'éteindre. Si vous en avez envie, j'ai encore le cœur à vous jouer un air. Vous pourrez danser avec la jeune fille qui nous offre la soupe. Elle est jeune et belle, c'est comme une étoile qui brille dans notre ciel gris.

J'ai fait le trajet aller pour venir jusqu'ici. De Wexford et d'Irlande, il ne me reste que ce violon et son archet. Est-ce que ma mémoire a retenu de la musique ? Allez, allez, *dance*, *dance* !

l'aveu

C'était peut-être une folie de traîner encore dans les rues, mais les heures m'étaient comptées. Je ne pouvais pas aller dormir, même sous les étoiles, et ne pas continuer ma quête. Sur le cours Jean-Jaurès, j'ai décidé de prendre le tramway, cette fois, pour gagner du temps et arriver avant la dernière maraude. Une fois le trajet effectué, je n'avais plus qu'à descendre à l'arrêt de l'angle du cours Berriat, et remonter à pied vers la place. Le cœur battant, je passe sous le tunnel qu'enjambe la ligne du chemin de fer, pour prendre la seconde rue à gauche. Il y a encore beaucoup de vie dans ce quartier, les bars, les restaurants ouverts, des clients qui fument devant les portes. Les autres, les indigents, je sais où les trouver, un peu plus loin sur le parvis de l'église, dans le minuscule jardin qui se trouve à proximité. Irène et Carlos m'avaient pourtant conseillé de ne pas revenir traîner par là. Parce qu'il y a eux, les plus âgés, à la rue depuis des années, et plus récemment, une frange dure de jeunes drogués, biberonnant aux alcools forts. Ils font le ménage à coups de poing. Les anciens essayent de se tenir à l'écart, les maudissant de faire fuir les « pèlerins », ceux qui donnent encore une pièce ou un repas.

De loin, j'ai d'abord aperçu la dame à la poussette et, à l'angle de la ruelle, la camionnette de la Croix-Rouge. Ce devait être la fin de la distribution, car tout le monde tenait en main son gobelet de soupe. Certains, assis à même le sol, d'autres déambulant, allant de l'un à l'autre des bénévoles.

– Tu es de retour ?

J'ai reconnu l'accent de « l'Irlandais ». Je n'ai rien répondu, me retournant, les mains dans les poches, comme s'il s'agissait d'une évidence.

– *Kid* ! On t'avait dit de ne plus revenir ici !

Ce n'était pas un ton de reproche, j'ai plutôt pris ses paroles comme une marque d'affection. J'ai haussé les épaules, d'un air de dire, oui, mais je voulais encore tenter ma chance. À son regard, j'ai compris que mon père n'était pas passé par là. Pas une fois, ou jamais. Il m'a demandé si j'avais mangé. J'ai répondu que oui, ce qui était vrai. Il a insisté pour aller au camion me chercher une soupe chaude. Je suis resté planté au milieu de la ruelle pendant qu'Irène s'approchait de moi, à son tour. Elle m'a fait la même remarque, mais de sa voix douce. Puis, elle est revenue à son histoire de guerre, d'enfants cachés, de grand-mère écrivant dans un cahier. Elle me parlait, mais sans vraiment faire attention à moi. « L'Irlandais » s'est approché de nous, un gobelet de plastique à la main.

– Tiens, a-t-il dit, et après, au lit, hein, pas de blague, *little rascal* !

À tour de rôle, ils laissaient couler, lui et elle, un flot de mots, comme des hoquets impossibles à endiguer. Tous ces gens débitaient la vie réelle, ou celles qu'ils se sont inventées à force de nuits blanches, de solitude. Soliloque des bas-fonds, sans cesse recommencé. Ce soir, j'étais la bonne oreille, demain, ce sera celle d'une passante attentive, ou la jeune fille de la maraude. Je me demandais d'ailleurs ce qui poussait ces gens de mon âge, ou presque, à consacrer une partie de leurs soirées pour venir en aide à des gens qu'ils ne connaissent pas. Dont ils ignorent tout, au début de leur activité.

À petites gorgées, j'ai vidé mon gobelet, avant de m'asseoir près de « l'Irlandais ». Il voulait me jouer un morceau de musique avec son violon, pour me redonner du courage. Je l'ai laissé faire, préférant cheminer dans mes pensées. Moi, à huit ou dix ans, ma main dans celle de mon père, en montagne, sur la piste des marmottes. Les falaises vertigineuses que nous longions abritaient parfois un chamois, et le plus souvent des nuées de corneilles, des vautours. Moi, fier de découvrir, me laissant aller, et observant en me retournant, maman cueillir des fleurs ou des framboises, selon la saison. Puis nous redescendions, nous arrêtant parfois au refuge de Gève, pour prendre une limonade, un chocolat chaud, selon la saison.

À la fin de l'air du violon, je me suis dit qu'il fallait que je parte, la soirée étant cette fois bien avancée. À l'idée de traverser une nouvelle fois la ville pour retrouver le parc, même en tramway, un coup de fatigue s'est abattu sur moi. Mais où dormir ailleurs ? Je n'allais quand même pas m'allonger sur un trottoir ! Je me suis écarté discrètement du groupe, d'où des éclats de voix commençaient à monter, pour prendre la rue Nicolas-Chorier. Un avocat écrivain d'après ce qu'indiquait la plaque. J'ai sorti mon téléphone de ma poche et composé le numéro que m'avait laissé Loïc. La sonnerie s'est égrenée jusqu'au déclenchement du répondeur. J'ai éteint mon portable et ai emprunté, malgré le peu d'envie, le chemin du parc. Je n'avais pas le choix, ni le courage de prendre des risques en me posant n'importe où. Alors que je me rendais vers mon lit à la belle étoile, mon téléphone a sonné. Je pensais que c'était ma mère, mais c'était Loïc, qui venait de terminer son service. Il m'a demandé où j'étais. Trois minutes plus tard, il m'attendait devant son lycée. Je ne savais pas trop quoi lui dire, et encore moins que je me rendais au parc pour y passer ma troisième nuit.

– Tiens, j'ai pu sauver ça, a-t-il dit en me tendant un sac en plastique. Il y a du poulet et une part de quiche. Je peux pas faire mieux, parce que le règlement veut que tout passe à la poubelle en fin de journée.

Je l'ai évidemment remercié de m'avoir apporté à manger, alors que je ne lui avais rien demandé.

– J'ai appelé ma grand-mère, qui habite à côté. Elle peut t'héberger, si tu veux.

Devant mon air étonné, il a insisté, disant que ça lui faisait plaisir.

– Elle était prof de maths, mais elle est à la retraite maintenant, elle serait ravie de te recevoir.

Sa proposition me mettait dans l'embarras, mais, entre passer une nuit dehors ou à l'abri, le choix était vite fait.

– Elle habite rue Louise-Michel, au 44, c'est à cinq minutes. Moi j'ai pas le droit d'aller plus loin. C'est OK, tu verras. Je sais pas ce que tu fais dans la rue, mais j'ai confiance en toi.

J'ai parcouru la centaine de mètres qui me séparaient de l'adresse indiquée, puis j'ai appuyé sur l'interphone, et une voix a répondu :

– C'est vous, Théo ?

– Oui, madame.

– Mon petit-fils m'a avertie, poussez la porte, c'est au second.

Quand je suis arrivé sur le palier, elle m'attendait, m'a fait signe de ses mains ridées pour me demander d'entrer. J'ai remarqué ses yeux verts et profonds. À peine un pied posé dans l'appartement, elle m'a proposé un verre d'eau, ou autre chose, si je voulais.

– Avec mon petit-fils, quand il vient avec ses copains, il faut que ça pétille.

Comme son regard, j'ai pensé. Elle m'a dit que si je voulais prendre une douche, il y en avait une dans la chambre qu'elle me désignait.

– Il ne faut pas te gêner, j'ai mis un gant et deux serviettes. Je perds la tête, je ne me souviens déjà plus de ton prénom, oui, ça me revient, Théo. Tu sais, mon père était pasteur, dans le Trièves, et accueillir du monde, c'est une habitude. Mon père le faisait pendant la guerre. Je te raconte ça, mais tu as besoin de calme, je vais te laisser tranquille.

J'étais étonné et troublé par ces marques d'attention. La vieille dame m'a demandé si j'avais faim, mais la question laissait peu de place à une autre réponse que oui, et elle a mis le micro-ondes en marche en y glissant une assiette couverte. J'ai juste baissé la tête et montré que je voulais me laver les mains. Je savais que maman avait dû laisser une quantité de messages et que je devais lui répondre. J'attendais d'être seul pour pouvoir le faire. La grand-mère a déposé une assiette de lasagnes sur la table de la cuisine, en me souhaitant bon appétit.

– Prends ton temps, et s'il te manque quelque chose, n'hésite pas, je vais voir la fin de mon film à la télé.

Assis seul à table, je n'en revenais pas d'être là, choyé et dorloté, comme chez ma propre grand-mère. Mais c'est avec ma mère que l'affaire s'est corsée. Devant l'avalanche de questions, j'ai dû me résoudre à lui avouer l'inexistence de Marie-Sabine. Je lui ai dit en balbutiant que j'étais parti pour ramener papa à la maison. Lorsque j'ai prononcé cette phrase, il y a eu un long silence, puis j'ai compris qu'elle sanglotait. J'ai continué alors à lui dire la presque vérité, ne parlant pas des deux nuits passées dans le parc. Quand elle a appris que j'étais chez la grand-mère d'un copain, elle a voulu que je la lui passe. Moi qui ne voulais pas déranger, j'étais pris au piège. C'est à regret que je me suis avancé vers le salon où la télévision envoyait ses reflets bleutés sur les murs. Enfoncée dans son fauteuil, la vieille dame semblait dormir, car j'entendais son souffle régulier, comme un léger ronflement. Le téléphone en main, je suis resté debout dans la pièce, chuchotant à maman que la dame s'était assoupie.

– Je t'entends, je t'entends petit, tu as besoin de quelque chose ? À mon âge, on ne dort que d'un œil.

– Ma mère veut vous parler.

Je lui ai tendu le téléphone et fait trois pas en arrière ; elle me l'a rendu quelques minutes plus tard. Maman ne pleurait plus. Elle a glissé, la gorge nouée :

– Ne nous fais pas plus mal, reviens demain.

J'ai promis, sachant que, cette fois, je ne pourrais me dédire. Ému et troublé par le coup de fil que je venais de passer, je suis allé dire bonsoir à la vieille dame, qui m'a demandé ce que je prenais le matin au petit déjeuner. Comme elle se levait tôt, mon heure serait la sienne.

Une fois douché et allongé sur le lit, tout s'est mis

à tourner dans ma tête, le film de la journée à pleine vitesse, les visages, les rues bruyantes, la voix du « Galérien », de « l'Irlandais », et de celle qu'il appelait « La Sirène ». Mais aussi les larmes de ma mère, et ma déception de devoir rentrer sans avoir réussi. Pour me déculpabiliser, je me suis dit qu'au bout du compte mon projet était irréaliste, et qu'il devait se terminer sur un échec. Dehors, l'orage grondait. J'ai pensé que dans le parc la nuit aurait été difficile. La fatigue a fait le reste.

Margot

Je me tiens à l'écart de la bande de vieux, mais je l'ai vu, il a même pris un gobelet de soupe. Je vois le monde de loin, mes jambes me portent à peine. Tous les jours, tous les soirs, toutes les nuits, je suis dans la souffrance. J'étais partie pour me débarrasser de ça. La souffrance, j'en voulais plus, et j'ai gagné la honte, le miroir ne se trompe plus. Une femme dans la rue, c'est une proie, les hommes peuvent tendre la main pour une pièce, on nous demande d'offrir notre corps. Et s'installe en toi une douleur qu'aucun soleil n'efface. Pour ne pas attirer les regards des prédateurs, on essaye de se rendre invisibles. À la maraude, c'est comme ça que vous nous appelez. Faut tout effacer de la silhouette de femme, si tu veux pas devenir une proie. Pas de maquillage, pas de vêtements moulants. Que du large, du gris, de la tenue de camouflage.

Pourtant, j'aimerais bien que quelqu'un me prenne la main, et me dise : Margot, viens, je vais t'emmener ailleurs. Je vais avoir quarante ans, quand je vois ce gamin tourner autour de nous, je pense à mon fils. Il doit avoir le même âge. Il a passé beaucoup d'années de sa vie dans des foyers. Lui, va s'en sortir, moi, j'ai déjà essayé plein de fois, mais tu perds la notion du temps, de tout, à force de mal dormir, de pas s'aimer. C'est lent, très lent, ce sentiment de désamour de toi. Mais, peu à peu, ça te tombe dessus. Comme le froid, la violence des autres, le stress. Je passe la moitié de la journée dans le bus, pour être au chaud. Je connais toutes les lignes, beaucoup de chauffeurs, aussi. Il y en a qui ne disent rien, et au pire, s'il y a des contrôleurs, ils nous font descendre au prochain arrêt. Après, il y a la gare, tu peux regarder les voyageurs toute la journée, personne ne s'intéresse à toi. Une fois, j'ai pris un train au hasard, le premier qui s'est présenté. Dans le haut-parleur, ils ont dit qu'il allait à Marseille. J'étais heureuse de voir la mer pour la première fois. Mais ils m'ont foutue dehors à Montélimar. Là-bas, il y a des gens qui s'occupent des gens de la rue, un peu comme vous, qui m'ont refilé un billet pour revenir ici. Je regrette rien, c'était comme une journée de vacances.

Il faut se battre, se battre contre soi, contre les autres, et ne jamais devenir ce qu'ils appellent une clocharde. Les femmes, on essaye de rester propres. Si la crasse s'abat sur toi, c'est comme de la terre sur ta tombe. Et puis, s'il prend un jour l'idée à mon fils de venir me chercher, il n'aura pas honte de moi. Il y en a qui empestent autant que les hommes. La plupart des femmes sont tarées, des violentes, des buveuses, je ne les fréquente pas. Il faut garder la force de se battre. On peut toujours dire qu'on est responsable de ça. Mais qui, encore ? J'ai une robe de mariée qui doit moisir dans un grenier. Des princes, il y en a partout, prêts à te faire les yeux doux, à t'emmener flâner aux devantures pour admirer les chaussures, les bijoux. Et un jour, le beau prince les offre à une plus belle. Moi, ça m'est tombé dessus du jour au lendemain. J'ai vu partir le carrosse vers un autre château. Tu te retrouves avec des meubles qu'il faut vite vendre pour payer le loyer, et pour pas te retrouver dehors avec un gamin qui te glisse entre les doigts. Après, c'est toi qui glisses, et la pente est longue, bien savonnée. Une fois en bas, j'ai fait comme j'ai pu : chercher des douches gratuites, planquer les cheveux sous un bonnet et couper les mèches qui dépassent.

Moi, ça va, j'ai une petite poitrine. Il y a une copine de galère qui se serrait les seins avec une bande Velpeau pour ne pas attirer l'œil. Je sais pas où elle en est. Elle avait des problèmes de santé, le mal au dos qui arrive, parce que c'est dur, le ciment, même avec un carton. Toi, je t'ai jamais vu, tu es nouvelle à la maraude ? Une fois mon gobelet vide, je vais me faire la malle. Si tout va bien, dans quelques jours, je quitte le pavé pour la campagne. On m'a trouvé un séjour de réinsertion dans la Matheysine, chez des agriculteurs. Ce boulot-là me fait pas peur. Je pourrai me laver tous les jours et dormir dans un lit. Peut-être qu'on y fait de vrais rêves. J'ai raté deux ou trois fois le coche, mais cette fois, faut que je tienne, c'est la bonne, et pour la vie entière. Moi, j'y crois. Le petit qui traîne là, il doit y croire aussi, et sortir son père de l'ornière. Regarde-moi ces loques là-bas, dans le jardin. Après eux, c'est la porte de l'enfer.

Oui, je me dis, ce sera bien la campagne. Nourrie, logée, avec mes cheveux que je peignerai sans trembler, de la crème sur les mains. Pour s'occuper des moutons, c'est peut-être pas utile, mais je me suis assez privé de tout. Le soir, dans ma chambre, devant le miroir, je chanterai : « *Emmène-moi danser ce soir, joue contre joue, et serrés dans le noir.* » Les chansons, c'est ce qui me fait tenir quand les nuits sont trop noires. Je sais fredonner en imaginant qu'il y a dix violons derrière moi. Le bonheur n'est pas silencieux, il faut lui donner deux trois mots, de temps en temps une note de musique, c'est comme un abri. Des fois, j'entends le gars qui joue du violon, et j'ai envie de danser. Mais ma vie ici, c'est aussi d'être à l'écart, de rester à la lisière, invisible ou presque. Je vais d'ailleurs bientôt rentrer. Pour préparer mon départ chez les agriculteurs, une association me loue une pièce avec un lit, de quoi me couvrir et me laver. Il y a deux autres femmes avec moi, des discrètes, aussi. Faut pas attirer les loups dans la bergerie. C'est pas luxueux, mais mieux que les bancs de la gare jusqu'à trois heures du matin. Une fois qu'ils la ferment, le plus dur commence. Va te réchauffer dehors quand le vent s'engouffre dans la vallée. Il reste plus qu'à raser les murs et retrouver l'entrée d'un immeuble dont tu sais que la porte sera ouverte. Quelques marches à descendre, et le recoin sous l'escalier. Il ne faut jamais laisser une trace de son passage, pas une bouteille, pas un papier. Si tu croises quelqu'un en partant le matin, il faut prendre la pause, malgré la fatigue, et l'on pensera qu'il s'agit d'une nouvelle locataire. La règle, c'est de ne pas passer plus d'une semaine dans la même entrée, après, il y a toujours un malin qui découvre le manège. Ils s'appellent entre eux, voisins vigilants, et te dénoncent sans hésiter.

Tu ne dis rien, tu découvres la maraude, et l'envers de la vie. Je te la souhaite belle, tu fais un beau métier. Il faut avoir du cœur pour soigner les gens, les prendre comme ils sont, et écouter des femmes qui parlent sans s'arrêter parce qu'elles ont trouvé une oreille. Tu es belle avec tes longs cheveux sur les épaules. Tu as sûrement un fiancé, mais ça ne me regarde pas. Je pourrais dire que tu me fais rêver. Comme ce gosse qui cherche son père : c'est beau de se dire que quelqu'un a besoin de vous au point de tout abandonner. De remuer ciel et terre. Les sentiments, ça manque dans la rue, presque autant que le pain, certains jours. J'évite de mendier en me montrant, pour ne pas croiser de regards, ne pas frôler les doigts d'un homme qui pourrait croire et s'imaginer des choses. À Grenoble, on n'est pas nombreuses, trois dizaines peut-être. À Paris, elles sont des milliers, la jungle est plus grande. J'ai croisé aux urgences de l'hôpital une fille qui en venait, une jeune qui avait quitté ses parents pour une histoire d'amoureux ou je ne sais quoi. Elle nous a pas tout dit, mais on voyait qu'elle était marquée. Dès que tu la touches, elle sursaute, se recroqueville. Les femmes qui ont subi, ça ne parle pas, c'est leur vie qui devient honteuse et sale. L'hôpital, on y va quand on n'en peut plus, qu'on a besoin comme ce soir de dire trois mots sur le temps qui va. Le mauvais temps. Il dure, il dure, sans saisons. On y va quand on a un peu plus mal que d'habitude. On se retrouve avec des éclopés, comme nous, et ceux qui sont encore dans le vrai monde, qui vous regardent avec crainte et dégoût, avec pitié peut-être aussi. Personne ne veut que ça lui tombe sur la tête. Les équilibristes ont peur du vide. Remarque, autrement, ils ne monteraient pas là-haut. Chacun son rêve. Je crois que nous on en fait plus trop, ou alors on s'accroche à des choses lointaines. Ta mère qui te prend sur ses genoux, ou une friandise chipée sur une table. Ma mère, ma pauvre mère, fauchée par la maladie. Elle avait mon âge. Dans la famille, on tombe bas très jeune. Je préfère garder d'elle cette photo où je suis sur les genoux. Au bout du compte, tu t'aperçois qu'il te reste pas grand-chose de l'enfance, ça te file entre les doigts comme tout.

Cette fois, j'y vais. Merci d'être venue me voir, à l'écart. Je tiens à ma distance de sécurité. Bientôt, la paix viendra. J'imagine que, là-bas, j'aurai le soleil sur mon visage et mon corps, dès le matin. Les bras sortis de leur gangue. Tu crois que ça peut revenir, le bonheur ? La parole aussi. Il faut croire à ça. Ce qui nous manque le plus, c'est la parole, s'asseoir cinq minutes avec un café et parler de soi, de ses enfants, du lendemain, surtout. Savoir qu'au lever du jour le soleil prendra sa course dans le cœur. Il manque des caresses, mais longtemps j'aurai peur, comme la jeune femme des urgences. L'amoureux doux, c'est dans les livres, pas pour des gens comme nous. Je vis dans la rue depuis trop longtemps pour que toute crainte s'efface. Ce qui existait avant est presque oublié. Tu ne m'as pas demandé ? Je ne me le demande plus d'ailleurs. Comme si ça s'était éteint le soir où j'ai attendu longtemps son retour. On croit que la porte va s'ouvrir, qu'il va revenir, même avec des mensonges qu'on est prête à croire. S'il est là.

Mais la nuit passe, puis une autre. Le monde s'écroule. Et ça fait du vacarme, des tremblements. J'ai eu tort de ne pas me relever tout de suite. J'ai subi, baissé les bras. Sans ça, je ne serais pas là aujourd'hui.

la dérive

Il y a un bus à quatorze heures pour remonter vers chez moi. J'ai choisi celui-ci, pour ne pas être obligé de me lever à l'aube. Je voulais, au matin, appeler Loïc et passer le voir avant le début de ses cours, même si je ne savais comment le remercier réellement. Quand il s'est retrouvé face à moi, les mots sont venus en vrac. Avec l'invitation à venir un jour passer une journée à la maison, pour la neige et le ski, si cela lui allait. Ou simplement pour les forêts. Je l'ai prié d'embrasser sa grand-mère de ma part, car je n'avais pas osé le faire, n'en revenant pas d'une telle simplicité, ouvrir sa porte ainsi et la refermer tout autant derrière moi. Sans savoir ce que ma vie était, ni quel mauvais vent m'avait amené sur son palier. Le lycée ouvrait ses portes. J'ai salué Loïc et repris ma remontée du cours Jean-Jaurès. Cette fois, ma musette était pleine, la grand-mère avait bien fait les choses. Mais il me manquait l'essentiel. Ce que j'étais venu chercher trois jours plus tôt. Je ne savais pas s'il fallait que j'attende tranquillement l'heure de mon départ, ou si j'avais le courage de battre encore le pavé. La nuit avait vidé la place Saint-Bruno de ses errants, et le marché du matin avait repris ses droits. Les étals regorgeaient de fruits, de légumes, de vêtements venus des quatre coins du monde. Cette abondance n'était pas pour moi. Je n'avais rien à acheter.

J'ai passé mon chemin, essayant de trouver la bonne idée, le fil par lequel j'arriverai jusqu'à mon père. J'avais le temps encore de passer par la rue Bizanet. Ce que j'ai fait un peu machinalement, sans grand espoir, non plus. Je suis quand même allé jusqu'au centre d'accueil voir si le hasard voulait bien faire les choses. Deux ou trois visages reconnus, des gens assis et sans âme devant un café, incapables de savoir si, pour eux, la vie peut recommencer. Et encore d'autres personnes à peine sorties de leur nuit, et de l'alcool qui les a accompagnées. Mon père n'appartient pas à ce monde glauque. C'était, en soi, une bonne nouvelle.

Comme leur tanière se trouvait près de là, je me suis dirigé vers les vieux travailleurs de l'échangeur. Ils ne me seraient d'aucun secours, mais je voulais simplement les saluer, même sans m'arrêter. Un homme était penché sur son réchaud à gaz, assis sur une chaise de toile, indifférent au monde dont on l'avait exclu. J'ai hésité, puis je me suis approché timidement. Le *chibani* a levé la tête :

– Je te connais toi !

J'ai hoché le menton pour lui répondre. J'étais toujours bredouille, et lui, m'a-t-il dit, presque heureux d'avoir encore traversé un hiver sans maladie, malgré l'humidité et le froid.

– La France m'a oublié, elle a pourtant été bonne. Et nous aussi.

Je n'ai pas compris ce qu'il voulait dire et cela n'avait pas d'importance, car il s'est remis à surveiller sa casserole. Je l'ai salué discrètement et j'ai pris la route vers le centre-ville. Je me suis arrêté un instant devant la vitrine d'une librairie, La Dérive, et me suis demandé, au fond, ce que voulait dire ce mot, et son verbe. Dériver. Emporté par les courants, les vents. Des hommes qui ont dérivé depuis si longtemps, sans trouver aucune île. Je regarde la couverture des livres, les titres. Dans chacun il y a une histoire. Mon téléphone sonne. Pas ma mère, puisque je l'ai appelée il y a dix minutes à peine. Je prends.

– Allô, c'est Tony, tu es où ?

D'habitude, c'est une formule passe-partout, mais là, dans mes dernières heures de dérive, elle tombe bien. Il connaît la place où je me trouve, me demande de ne pas bouger. Je ne bouge pas. Il va arriver. Je pousse un grand soupir, le temps qu'il débarque par la rue de la République, se dandinant, avec sa démarche particulière, que je reconnais immédiatement. Des petits pas vifs, des regards furtifs.

– Toujours rien ?

J'ai dit non.

– Un café ?

J'ai dit oui.

– Tu veux qu'on essaye encore ?

– J'ai tout raconté à ma mère, je prends le bus tout à l'heure.

– À quelle heure ?

Je lâche l'horaire, comme une réponse sans importance.

– Alors on a le temps, on peut encore tenter l'hôtel de la Chartreuse.

Depuis hier et l'aveu à maman, j'avais rangé ma détermination, ravalé la force qui m'avait conduit là. Mais le bonhomme était plus têtu que moi. Comme s'il cherchait son propre père. Je ne risquais rien, bien que se profilait l'heure de mon retour à la maison. Une fois nos tasses de café vides, nous avons retrouvé la rue. « Le Galérien » marchait près de moi. Le soleil donnait de belles couleurs à la ville. Un peu de bonheur s'élevait sur les façades et aux fenêtres. Mon curieux ami portait à l'oreille gauche un bijou, quelque chose qui ressemblait à un petit cœur sculpté. J'ai trouvé que ça lui allait bien, cet air de pirate ou de corsaire à qui rien ne fait peur.

– Tu as la photo ?

– Quelle photo ?

– Celle de ton père.

– Oui, pourquoi ?

– Pour la montrer au gardien de l'hôtel.

– Tu y vas seul ?

– Oui, je crois que ce sera mieux, j'ai envie que tu réussisses. Mon père aussi est parti en vrille, c'est pour ça que je suis là.

Je ne lui demandais rien, mais il s'est mis, comme la dernière fois, à dévider en de courtes phrases, le chemin parcouru. Me parler de sa mère qui l'aimait, qu'il aimait, et de ce foutu licenciement qui a tout fait basculer. Son père gentil se mettait à boire en fin de journée, et la nuit, il partait en voiture, on ne sait où. Sa mère priait pour qu'il ne se tue pas contre un arbre à l'aube. En fait, il roulait, au hasard, prenait des routes de campagne, juste pour s'étourdir.

– C'est pas tout de parler, tiens, on arrive. Tu m'attends là, et tu croises les doigts.

J'avais confiance en lui. Je me suis adossé contre la façade de l'immeuble qui faisait face à l'hôtel, et je l'ai vu entrer. Je me suis mis à compulser mon téléphone pour regarder l'heure, évaluer le temps que durait son absence. Elle m'a paru longue. Au premier étage, derrière une fenêtre, un rideau bougeait de temps en temps. On ne voyait ni mains ni visage. Encore moins un courant d'air. Soudain « Le Galérien » est apparu. Son air ne montrait ni joie ni déception. Quand je lui ai demandé si c'était bon, il a haussé les épaules et m'a dit de le suivre. J'ai suivi. Après cette sortie silencieuse, je n'attendais plus rien, j'espérais juste que le temps file de plus en plus vite pour que je m'éloigne d'ici. Face à la gare, « Le Galérien » a poussé la porte-tourniquet d'un restaurant asiatique.

– J'ai fait affaire hier, mis de côté un peu de blé. On va se gaver. C'est buffet à volonté.

Je n'étais pas sûr d'avoir faim. Devant ce qui ressemblait à un nouvel échec, mon estomac s'était comme rétréci. J'avais soudain envie et besoin de solitude. Mais devant son regard engageant et son sourire, j'ai tenté de garder le mien.

– Tiens, au fait, la photo.

– Et alors ?

– Alors le type ne sait pas. Chez lui, ça va ça vient. Le visage lui dit quelque chose. Il est retors comme tous les marchands de sommeil. Mais pas perdu pour l'humanité.

Je me demandais où il allait chercher ce genre de phrases. Une fois notre repas terminé, il m'a dit :

– Il faut que je *décarre*, j'ai encore du *taf*, quelqu'un à voir.

Il me restait une toute petite heure avant le départ. J'aurais plus qu'à traverser la rue, acheter un billet, monter les trois marches du bus, et à aller me caler dans une des rangées, contre la vitre.

– J'ai confiance. Tu vas finir par y arriver, je suis vraiment heureux pour toi, Théo. Dis-toi que tu n'as pas fait tout ça pour rien. Tu entretiens l'espoir.

Ensuite, après un court silence, il m'a regardé droit dans les yeux, m'a serré la main, puis il s'est éloigné par la rue Félix-Viallet. Moi, devant le restaurant, j'étais à mi-chemin entre l'église du Sacré-Cœur et celle de Saint-Bruno. Je me suis dit que je ne risquais rien d'aller y faire un tour, pour m'occuper. Le marché terminé, c'est le moment où les vrais maraudeurs viennent ramasser sur le sol ou dans des cagettes en pile des fruits, des légumes, que les commerçants laissent là, pour les petites gens du quartier, les pauvres qui sont encore en équilibre dans la vraie vie. Au fond de moi, j'espérais peut-être y croiser Émile ou « l'Irlandais ». Prendre des nouvelles d'Irène ou de Marius, s'il n'était pas déjà retourné près de son lac de montagne. Les autres, je n'avais pas retenu leurs prénoms, ni leurs surnoms, même pas leurs ombres lorsque la nuit tombait. Ce soir, ils vont attendre le passage de la camionnette de la Croix-Rouge, dernier rituel auquel ils peuvent encore s'accrocher. Je n'osais même plus, sur cette place, y espérer trace de mon père. C'était une illusion, même si je ne pensais pas rentrer bredouille, j'étais pourtant persuadé qu'il était forcément là, à portée de main, dans ce périmètre, quelque part dans la ville. J'avais marché sur des trottoirs qu'il avait peut-être empruntés ces quinze derniers jours, m'accrochant à l'idée que le renseignement fourni par le voisin n'était pas forcément faux. J'ai pensé que mon père se cachait encore, avec sa honte, derrière une porte, une fenêtre dont il n'ose pas tirer les rideaux. Je n'avais plus qu'à espérer qu'il reviendrait un jour, abandonnant sa solitude, sa fugue, comme il nous avait quittés. Il reviendra peut-être, silencieux, un matin, le corps fatigué, mais avec son sourire. Ayant envie de reprendre ses promenades sur le plateau, à l'ombre des grands pins. Il fermera les yeux pour faire semblant, et, comme quand j'étais petit, j'irai me cacher derrière un large tronc. Maman rira et sa voix résonnera dans la prairie de Gève.

Je reviens sur mes pas, traverse les voies du tramway. Au guichet, je prends le billet qui va me ramener dans le Vercors. Sur le panneau électronique de la gare routière, on annonce le départ sur le quai numéro 4. J'appelle maman pour lui dire que je rentre. Marie-Sabine n'existe pas. Mais il faut quand même croire aux belles histoires.

– Théo, il paraît que tu me cherches ?

Je me retourne vivement. Mon père est là. « Le Galérien » avec le sourire, trois pas derrière lui, heureux de l'effet produit. Mon père s'avance vers moi : je ne sais pas s'il faut que je parle le premier, ou lui laisser prononcer les mots que j'attendais depuis des jours. Sur un dernier clin d'œil, Tony s'efface, tout au bonheur de la surprise qu'il m'avait préparée, avec le coup du restaurant et ses propos rassurants.

Finalement, c'est moi qui pose la première question à mon père :

– Derrière le rideau de l'hôtel, c'était toi ?

– Oui, ton ami venait de frapper à la porte de la chambre pour me dire que tu attendais en bas, dans la rue. Mais je n'ai pas eu le courage de me montrer.

– C'est Tony qui t'a traîné ici ?

– Il m'a accompagné.

Quand nous nous sommes assis côte à côte dans le bus qui prenait la route du Vercors, il a posé sa main sur la mienne. Dans des moments comme ça, il est difficile de se retenir de pleurer.

Ouvrage réalisé par
Cédric Cailhol Infographiste.

Reproduit et achevé d'imprimer
par l'Imprimerie France-Quercy à Mercuès
en septembre 2016.

Dépôt légal : octobre 2016
N° d'impression : 60838
ISBN : 978-2-8126-1132-2

Imprimé en France